문학과지성 시인선 412

차가운 잠

이근화 시집

문학과지성사

문학과지성사에서 펴낸 이근화의 시집

우리들의 진화(2009)

문학과지성 시인선 412
차가운 잠

초판 1쇄 발행 2012년 5월 31일
초판 6쇄 발행 2021년 8월 18일

지 은 이 이근화
펴 낸 이 이광호
펴 낸 곳 ㈜문학과지성사
등록번호 제1993-000098호
주   소 04034 서울 마포구 잔다리로7길 18(서교동 377-20)
전   화 02)338-7224
팩   스 02)323-4180(편집) 02)338-7221(영업)
전자우편 moonji@moonji.com
홈페이지 www.moonji.com

ISBN 978-89-320-2307-6 03810

지은이는 2009년 서울문화재단이 지원한 창작지원금을 수혜했습니다.

문학과지성 시인선 412

차가운 잠

이근화

2012

시인의 말

미발표작 몇 편을 함께 묶을 수 있어서 기쁘다.

2012년 초여름
이근화

차가운 잠

차례

시인의 말

제1부

제1부

약상자

알약은 기분이 좋다
길쭉하고 부드럽다

알약은 평등하다
아무도 그 쓴맛을 모른다

부끄럼 없이
목젖을 사용했다

병신 병신 병신
두번째는 걸렸다

손가락 맛이 전부다
상자를 닫았다

언제라도 열 수 있지만
어쩐지 부끄럽다

차가운 잠

꿈속에서 세차게 따귀를 얻어맞았다
새벽이 통째로 흔들렸고
흔들린 새벽의 공기를 되돌려놓기 위해
전화벨이 울렸다

나의 눈은 동그란 벽시계에
나의 눈은 병상의 엄마에게
긴 복도를 따라 걷지만
복도와 두 눈을 맞출 수는 없다

일주일 사이 꽃이 졌다
여기저기 팡팡 사진이 터지고
맘껏 담배 연기를 품었는데
나는 왜 빠져나가지 않나

고장 난 시계를 어떻게 할까
혈관을 따라 울리는 피의 음악을 또 어떻게 할까

오래전에 떨어진 머리카락이나 살비듬 같은 것을
내가 옷처럼 편안하게 입고 있는데

거울 속에는 키 큰 사람과 키 작은 사람이 있고
할머니도 아줌마도 아이도 아닌
엄마가 희미하게 손을 뻗는다

이백 년 후 차가운 잠에서 깨어나 다시 만난다면
우리는 다정한 연인이 되어
작은 테이블에 마주 앉아 케이크를 푹푹 떠먹을까

환멸과 동정의 젖꼭지를 물고 거침없이
이 세계를 생산할 수 있다면
차가운 잠에서 깨어나

한밤에 우리가

한밤에 치킨버스*를 타고 우리가 간다면
보이지 않는 산
흐르지 않는 강
다가올 여름을 위해 아껴둔 풍경들

불편한 식사를 거절하고
약속을 만들지 않고
형광등 불빛 아래 빛나는 초콜릿 바를 깨문다
끈적한 입속에 가지런한 이들이
다가올 여름을 위해 제대로 썩어간다

퇴근길에 아이들을 번쩍 들어 올리는 손을 물끄러
미 바라보다가
우리의 유전자가 냇물같이 흘러서 어디에 이를지
고민하다가
발이 세 개인 수레가 남기는 긴 흔적을 따라가본다

뜨거운 심장을 갖게 해줄 신비의 명약과 어려운 주

문이
  아이들의 입속에서 예고 없이 흐르겠지
  아이들의 턱 밑에 조그맣게 집을 짓고 산다면
  다가올 여름을 위해 나의 사람과 너의 사람을 준비
하고

  한밤에 치킨버스를 타고 우리가 간다면
  보이지 않는 산
  흐르지 않는 강
  다가올 여름을 위해 아껴둔 풍경들

  * 중남미의 장거리 운행 버스.

물체주머니

물체주머니 속에는 물체를 대표하는 것들로 가득하
다 대표가 쏟아져 나올 때마다 와와 입이 벌어지고

이것이 세상의 물체라고 강조할 수 있어서 좋은데
더 강조하고 싶은 것이 생겨도 물체주머니는 커질 수
가 없다 입술만 늘어날 뿐

그건 내가 어떻게 할 수 없는 일
내가 손가락으로 꺼낼 수 있는 일
세상의 물체를 늘어놓고

나는 주머니가 된 기분으로 더 작아지지는 못한다
두 개의 주머니는 될 수 없는 일 그래서 기분이 이런
것이군

모래나 고무, 톱밥이나 가죽을 삼킨 것 같다 식도
를 타고 위를 지나 십이지장에 이르면 나는 정말 주
머니와 같은 기분

장이 약한 사람들은 화장실을 들락거리고 장이 몽
땅 빠져나온 사람처럼 웃는다
　　내 것을 대신해 빠져나왔지만 둘이 될 수는 없다

　　시곗바늘은 뾰족하지만 더 뾰족해지지 않고
　　나침반은 빙글거리며 돌지만 영원히 돌 수 없고

　　다 잘될 것이지만
　　물체는 대표성이 있고 주머니는 크기가 일정하다

디어초콜릿

눈동자를 여러 개 눌러놓은 맛이지

어제와 오늘이 기분 나쁘게 손을 잡는다 흰 접시
유리잔은 나와 상관없는데 깨진 미래가 있는데
정말 나는 먹고 마시고 흔들고 해야 하는가

목구멍이 아직도 좁고 검다
많은 표지판이 사람들을 가리킨다
명령대로 하면 배가 너무 부를 텐데

기분이 뒤늦게 도달하는 곳이어서 머리카락을 씹는
다 순서대로 접는다면 목은 나중에 꺾이고
혀는 가장 먼저 고부라진다

감정을 생산하느라 오늘은 열쇠 다이어리 지갑을
잃어버렸다 종이비행기의 자세였다 거대한 손에 들려
있었고 믿지 못할 손이었지만

어제의 눈동자가 사람들의 입속에서 터진다
미래는 이런 맛이 아니지 아니지 중얼거린다

내게 없는 것

뾰족한 나뭇잎을 하나 주워 들었지만 바늘 삼아 옷
을 꿰맬 수도 없고 두부를 찌를 수도 없고
　이건 무용해 피로해

　구르는 것은 먼지 낙엽 그리고 내가 떨어뜨린 것
　머리카락과 살비듬 그리고 나도 모르는 것

　기찻길 옆 고요히 쇳물이 흐른다 기찻길은 의외로
뜨겁다 발목이나 신발 따위를 말없이 삼킨다
　내가 서 있을게 기차가 다 늘어나도록

　무용한 자세로 피로한 눈빛으로
　넘어져서 일어나지 않아도 좋겠지만

　그렇지는 않은 일
　오른쪽 무릎을 먼저 세울지 왼쪽 손바닥을 먼저 짚
을지
　기차가 끝나기 전에 결정하겠지만

내가 떨어뜨린 것을 다 주워 담지 못해 두리번거리
다가 내게 다가오는 내게 없는 것을 본다

실오라기

얼굴을 감출 수가 없었다 부끄러워 두 손을 호주머니 속에 넣었지만 나는 여자가 아니고 너는 남자가 아니다

계단이 있었고 골목길이 있었고 가로수가 있었다 사람들이 유리창 너머로 뚝뚝 떨어져 내렸다 가위바위보 가위바위보

누구도 지지 않는 싸움이 시작되었다

나는 남자가 아니고 너는 여자가 아니다
모래 한 줌이면 충분했다 서로의 얼굴에 조금씩 뿌리고 영원히 부끄러웠다

레일의 뜨거움이 가 닿을 데가 없었다 똑같은 파이를 팡팡 찍어댔다 나의 검은 손에 네가 줄줄 감긴다

이리로 오렴 이리로 오렴

커다란 빌딩 숲 사이로 흐르는 차가운 물을 건너
남자와 여자를 보자기에 잘 싸서 오렴 너의 꼬물거리
는 발가락을 내가 감춰줄게

촤르륵촤르륵 풀리는 낚싯줄을 따라 가면 시곗바늘
은 너와 나 사이로 구부러져 흐르겠지 물고기 배 속
에 초가집을 짓고 살면

남자도 여자도 먹을 수 없는 달콤한 떡 한 접시 만
들 수 있겠지

너무 늦게 온 사람

오늘은 고무줄 맛이다

신문이 하루 먼저 나왔다 모나미 볼펜으로 미로를 따라가며 오후의 골목을 풀어놓는다 나는 친구가 없다

보도블록이 오늘도 발을 붙든다 미로는 닫힌 듯 열린 듯 흔들린다 흔들리다가 가장 평범한 얼굴이 된다 나는 정말 친구가 없다

오늘의 문제는 너무 어렵다는 표정으로 별이 몇 개 뜬다

마지막 단계는 지혜를 시험해 네가 오늘 얼마나 착한 일을 했는지 골목에 부딪혀보면 안단다

이마가 먼저 닿을까 코가 먼저 닿을까
한쪽 눈에서 다른 쪽 눈으로 흘러드는 것이 있다면
그건 바닥을 닦으라는 조용한 명령

오늘은 엎드린 자세로 골목길을 빠져나온다

이곳을 그런 곳이라 누가 정의했는지 언제나 늦게
온 사람들이 즐거운 곳인데 나는 나의 친구까지 되어
야 한다

아무도 잠들 수 없는 가시 철망 이분의 일의 침대
한 영혼과 다른 영혼이 뜻하지 않게 부딪친다

골목길이란 그런 곳 친구를 만나기에 부끄러운 곳

동네 사람들이 도여 크게 웃는다면 골목길은 두려
움에 빠지고 말 거야 전봇대가 쓰러지고 말 거야

미로는 열렸다 닫히면서 나의 친구는 영원히 없다

네가 사라지고

네가 사라지고도 너는 남아 있을 거야

갓 지은 밥냄새를 훔치다가
다 된 빨래 냄새에 코를 맡기다가
목구멍으로 사라지는 냄새들의 운명을 점치다가

나에게 영원히 속해 있는 나의 손가락을 헤아려본다
날마다 씻는데도 줄어들지 않는군

　아이들과 노인들은 쉽게 버려지고 버려진 기분으
로 스스로를 버리고 버린 후에 버린 것들을 천천히
밟는다
　작은 발로 쭈글쭈글한 발로 짓이긴다

네가 사라진 자리에 너는 남아 활시위를 당긴다

사과알처럼 붉고
사과씨처럼 분명하고

아침인데 무엇이든 삼키고 보니
너의 복수는 달콤한 데가 있다

네가 사라지고도 너는 남아 있을 거야

피부 밑에 펄떡이는 혈관처럼
입속의 검은 방패처럼

내 기분과 감정이 한때 너의 것과 같았지만
나와 너는 팽팽히 당겨지고

　물고기 한 마리가 튀어 오르고 어항 속이 고요해
진다
　베란다 밖으로 날아가는 빨래가 주말 오후를 찢어
놓는다

　그런데 오늘은

말이 많고
많이 먹고
아무 냄새도 풍기지 않는다

네가 아직 나의 곁에 아슬아슬하게

나의 하루는

나의 하루는 혼자가 아니고
나의 하루는 24시간이 아니고
나의 하루는 기억되지 않는다

물고기에게 물은 어떤 맛일까
사랑과 죽음이 겹쳐서 꿈만 같은 일이 된다면
물고기의 물 없는 자유는 어디로 흘러갈까

기분이 상했지만 상한 것들은 금세 버려진다 33년
째 나의 하루는 버려졌다 새로운 것 읽을 것 정치적
인 것 없이 나의 하루는

고등학생들이 계단에 걸터앉아
어둠에 부딪힌 얼굴로 껌을 씹는다
오늘의 꿈과 내일의 꿈이 달콤하게 흐르고
아무것도 아닌 것이 되고

고양이들은 집으로 가지 않는다 내가 건네준 치킨

은 어제의 것이었는데 오늘은 굶어 죽는가 그렇지 않
다 고양이에게는 하루가 없다

담장의 하루는 골목길의 하루는 두통 속에 산책 속
에 망치 같은 발걸음 속에 만나서 할 얘기도 없으면
서 고집스럽게 좋아한다 집이 가까운 사람들은 만나
지 않아도 좋다

놀란 거미들이 숨을 데도 없는 집으로 오르고 계단
을 만들고 산책하는 사람들의 얼굴에 제 집을 내준다
집을 먹어본 적 있니 신기한 맛이야 하루의 비밀이야
대신 나의 두 발만 너에게 보낸다

하루를 대신해 내가 할 수 있는 일
하루를 대신해 내가 가질 수 있는 의문들
하루를 대신해 내가 좋아하는 망가진 것들

은밀한 데만 조금 커졌어

아는 사람과 함께 아는 만큼만 나의 하루가 흘러갔
지만
　나의 하루는 미지의 소설처럼
　내 손으로 씌어지지 않는다

그물의 미학

피부를 통해 치즈나 마늘 냄새가 증발해서
우리는 오늘의 식사가 즐겁다
빵과 빵 사이에
토마토와 양파를 끼워 넣고 입을 벌린다

미세한 구멍들이
서로를 향한 호감과 증오로 서로 다른 크기로 벌어
지고
서로 다른 질문들을 쏟아낸다

오렌지 농장 근처에서 실종된 유학생에 대해
점거 농성 중인 노동자의 마스크에 대해
남편을 잃은 베트남 여인에 대해
그녀의 사라진 팔십만 원에 대해

빵과 빵 사이에 끼워 넣을 것이 많았다
우리는 입술을 오물거렸으며
눈시울을 붉혔으며

그리고 잠시 후 한쪽 입술을 실룩거리며 웃었다

할 수 없는 일 가운데 할 수 있는 일이 있는 것처럼
피부 위로 물 같은 것이 잔인한 방향으로 흘렀다
너의 얼굴을 걸고 밥을 먹는다

그럴 때 내 구멍은 조금 아픈 것 같다
그럴 때 네 구멍도 조금 벌어진 것 같다
네 구멍은 조금 어두워진 것 같다

늙으면 머리가 커지고 엉덩이가 퍼지고 다리가 가
늘어져
그럴 때 내 구멍이 내 구멍이……
너를 향해 인사를 하고

국수

마지막 식사로는 국수가 좋다
영혼이라는 말을 반찬 삼을 수 있어 좋다

퉁퉁 부은 눈두덩 부르튼 입술
마른 손바닥으로 훔치며
젓가락을 고쳐 잡으며
국수 가락을 건져 올린다

국수는 뜨겁고 시원하다
바닥에 조금 흘리면
지나가던 개가 먹고
발 없는 비둘기가 먹고

국수가 좋다
빙빙 돌려가며 먹는다
마른 길 축축한 길 부드러운 길
국수를 고백한다

길 위에 자동차 꿈쩍도 하지 않고
길 위에 몇몇이 서로의 멱살을 잡고

오렌지색 휘장이 커튼처럼 출렁인다
빗물을 튕기며 논다
알 수 없는 때 소나기

풀기 어려운 문제를 만났을 때
소주를 곁들일까
뜨거운 것을 뜨거운 대로
찬 것을 찬 대로

커다란 베개

밤사이 베개가 나를 낳고
아침이 부풀었다

납작한 얼굴로 하루를
짧은 다리로 또 하루를

두려움으로 손발이 부풀어 오르고
부풀어 오르다 망치나 해머가 된다

사다리를 오르고
발 아래를 부수고
사다리를 오르고
발 아래를 부수고

진심이라는 것을 베고 잠들면
꿀 한 방울이 눈에 맺힌다

누구의 길고 뜨거운 혀가 닿을지

하루는 플라타너스 열매를 으깨고
하루는 해바라기 큰 꽃을 쓰러뜨린다

우리들의 꿈

기계 주름이 잡힌 바지가 펄럭인다
너의 허벅지가 부러워
너의 팔뚝이
너의 불균형과 절룩거림이

커다란 선글라스를 쓰고
캄캄하다는 듯이 실내를 원망하네
실내를 원망하는 자의 아코디언이 하모니카가
사람들의 눈빛을 거두어 가고

너의 이해가 나에게 닿지 못할 때
너의 삐뚤빼뚤한 글씨가 나를 감동시킬 때
내가 칼을 빼들까
꽃을 흔들까

물의 꿈
곡식의 꿈
우리의 꿈이 바짝 타오른다

장작을 패는 꿈
나의 도끼가 나무가 아닌 것에 박히는 꿈

잠깐씩 돌아가는 곳은 오 년 전
십 년 전
그리고 나이를 따질 수 없다
주름은 깊어가고 맑은 물이 괼 것 같아
넘칠 것 같아

네가 떨어뜨린 한 장의 손수건
자리를 옮기는 나무들
나는 네가 아니다

여러 개의 눈으로 꿈을 꾸고 있는 것도
눈꺼풀을 들어 올리는 슬픔도
내 것이 아니다

물고기의 단잠

풍선들은 천장에 닿으면서
축하의 말을 늘어뜨린다
축하의 국수를 먹고
국숫발을 건져 올리다가
조금 흘리면 정말 축하하는 것 같다
기분도 이리저리 튀고 물이 든다
그러다가 사라지는 걸까
녹는 걸까
물고기는 축하를 어떻게 하나
물방울처럼 매다나

안부 전화를 오전에 하고
오후의 해가 떨어지고
거짓말처럼 안심한다
골목길에서 지하철에서 나의 하루가
갑자기 쏟아질 때가 있다
주워 담기 전에 밟힐 때가 있다
지붕을 악기 삼아 쏟아지는 우박이

어디선가 사람을 뚫을 것 같다
관통당하는 자의 투명한 기분을 알 것도 같다

풍선 속에 또 하나의 풍선이 있고
봉투 속의 돈을 꼭 두 번씩 세어본다
나의 감정을 정확히 전달하는 일이 기쁘다
아직 살아 있으니 더 살고
더 살고 더 살고
물고기는 잠을 어떻게 자나
물고기의 방식으로 어떻게 눈을 감나

짐승이 되어가는 심정

아침의 공기와 저녁의 공기는 달라
나의 코가 노을처럼 섬세해진다
하루는 세 개의 하루로
일 년은 스물아홉 개의 계절이 있다

나의 입술에 너의 이름을 슬며시 올려본다
나의 털이 쭈뼛 서지만
그런 건 기분이라고 하지 않아
나의 귀는 이제 식사에도 소용될 수 있을 것 같다

호수 바닥을 긁는 소리
중요한 깃털이 하나 빠지는 소리
뱀의 독니에서 독이 흐르는 고요한 소리

너는 죽었는가
노래로 살아나는가
그런데 다시 죽는가

수많은 종을 거느리고 강을 건너지만
강을 건너는 나의 어깨는 너의 것이고
이 어둠을
너의 눈 코 입을 기억하는 일은

나의 것인데
문밖에서 쿵쿵쿵 나를 방문하는 냄새
침이 솟구친다
식탁 위에 너의 피가 넘친다

고무줄의 독백

말할 때 쭉 늘어난 입술이 다시 제자리로 되돌아왔
지만
입은 작년보다 조금 더 커진 것 같다
너를 조금 뜯어 먹은 것 같다

그런 무한한 기분이 들 때 나는 키가 조금 줄어든
것 같다
척추가 서랍처럼 쓰윽 열리고
잃어버린 아이들이 튕겨져 나온다면 좋겠지

눈사람도 마음이 타오르고 빗자루의 방향으로 고개
를 돌릴까
12월의 마음을 사람들에게 선물로 주고 달력처럼
새로 태어날 수 있을까

회의 중에 큰불이 난다면 우리는 어깨에 손을 얹고
기차가 되겠지
마지막 칸에 너와 내가 있다면 우리는 서로 깊숙이

손가락을 넣고 서로를 빨아들이겠지
  그게 우리의 마음이 되겠지

  빠르게 늙어가고 싶어서 너와 나는 빈 운동장을 돌
았는데
  그때 우리가 동시에 태어났을까
  새하얀 운동화처럼 트랙을 벗어날 수 없도록

  오그리고 앉아 있다가 벌떡 일어날 때 지붕에 부딪
치고 별에 부딪치고 우주정거장에 이른다면
  나는 무엇이든 잘 요약해서 말할 수 있을 것 같다

주말의 명화

우리의 심장은 피로해 주말과 영화의 조합이 필요해
여배우를 향한 나의 눈빛이 화면 위로 미끄러지고
공기 중에 떠돌다가 당신의 눈으로 옮겨 간다

나를 의심하고 있는가 우리의 심장은 서로 통하지
만 공기 중에서 나는 의심받고 있어
여배우의 숄더백이 열리고 중요한 메모가 떨어졌다

목소리와 걸음걸이는 배우에게 아주 중요한데
약간의 호감이 이제 막 세포에서 만들어졌는데
그런 것이 중요하지 않다는 듯 성우의 과장된 목소
리가 주인공을 멈춰 세운다

헤어진 연인들은 시곗바늘처럼 멀어졌다 가까워지
고 점점 뾰족해진다
서로를 아주 가까운 데 던져놓고서 기분을 조금씩
훔쳐낸다

주말의 명화가 월요일 새벽을 낳았지만 월요일 아
침 우리들은 감정이 없어서 좋다

그것은 정오부터 서서히 만들어져 금요일이면 활활
타오른다

나무 아래 학교

오늘도 나무 하나가
미래의 바람을 키운다
막막하고 두려운 초록을 끄집어낸다
내 것이 아니야 속삭인다

귓속에 이층집을 짓고
미래의 아이들을 만난다
계단은 높고
모래도 아직 돌멩이다

머릿속에 무거운 바위 하나가
오늘을 누른다
생각이 튀어 올라 물방울이 되고
아이들이 잡아 터뜨린다

누가 더 많이
누가 더 크게
미래를 목 꺾을까

아이들이 손만 자란다

신호등과 표지판이
점쟁이의 입술처럼 모호하다
오늘은 가고
내일은 오지 않는 걸까

오늘은 가고
과거는 영원히 오지 않는 걸까
나무의 긴 잠이 바닥에 눕는다
나의 꿈이 아니야 속삭인다

옐로 서퍼링

스페인 민달팽이의 쓴맛을 오리가 좋아해
뒤뚱거리는 걸음에도 국적은 있어서

이국이라는 말
이방인이라는 말
식민지라는 말
환절기 감기에 걸려 그런 말들을 생각해본다

뒤뜰이나 정원을 가꾸는 사람들과 어떤 대화를 나
눠야 할지
고장 난 잔디깎기와 고장 난 면도기가 다 같아 보
이는 건지

도저한 낙관과 엔틱풍의 의자는 관계가 있을까
우리가 똑같이 노을을 보고 있는 것일까

너의 사람을 해방하라
너의 사람을 해방하라

사람들이 많으니 해방에도 이유와 목적이 있겠지만

환절기 감기가 정치적이라면 좋겠어
철학적으로 옳고 정치적으로도 바른 사람들에게 손
수건과 시럽 같은 게 필요 없어진다면 우리에게도 미
래가 의미 있겠지

너의 입술이 동전처럼 동그랗고 앞뒤가 있어 보인다
너는 집을 사랑해
그리고 집 이외의 모든 것도

지붕 모서리에 둥그런 달이 걸리고
행운을 비는 작은 손들이 걸리고

폭발했는데
손발이 사방으로 흩어졌는데
사라진 사람들의 이름은 어디에 새겨질까

비뚤어진 입술
노란 얼굴
고통이 없어 좋을 계절들

제2부

빵 이외의 것

삼십 미터 위의 나뭇잎
나뭇잎
기린의 입속 나뭇잎 나뭇잎
나뭇잎도 미치고 말 거야
십오 분 동안 나뭇잎
삼 일 동안 나뭇잎
그러나 나뭇잎으로 가릴 수 없는 것이 많다
나는 빵 이외의 것은 믿지 않아
빵이 찢어지면서 거짓말이 툭 튀어나올 때
나의 입술은 왜 부풀어 오르는가

이토록 부드럽고 달콤하고 백색이어도 좋은가
네 입속 일까지 관여할 수는 없어서
커다란 손에 입 맞추고
나는 바깥이 된다
안녕
안녕
안녕

그다음은 무엇이 될까
너의 손바닥에 들러붙어도 좋을까

네 손바닥으로부터
비 오는 골목길처럼 부드럽게 풀려 나온다면
빵 이외의 것에 대한 믿음도 솟아오르겠지만
나는 너무 남아돌아서 문제다
굶주린 사자처럼 나뭇잎을 센다
하나
둘
셋
그다음은 너무 쉬운 것 같다

너는 지켜지지 않는 약속
믿음은 잘리고
믿음은 부풀고
믿음은 터진다
동네 빵집을 탐구하듯

오래된 슈크림과 소보로를 무너뜨리듯
너를 무너뜨리고

빠른 속도로 나뭇잎 나뭇잎 나뭇잎
서서 자는 기린의 옆에 눕는다
허공이라는 달콤한 이불을 덮는다
영원토록 떨어지는 나뭇잎이 있다면
나뭇잎의 생도 그럴듯해지겠지
반듯하고 차가운 병원 건물이 식빵 같았고
군침이 돌고 말았다

저 많은 병의 이름을 입속에 넣고 굴린다면
나의 얼굴과 너의 표정이 하나가 되는 마술이 펼쳐
지겠지
대신에 나는 너를 주머니에 넣고 꾹꾹 눌렀다
꺼내서 조금씩 씹었다
목구멍으로 거짓말이 어렵게 넘어갔다
이제 나뭇잎을 주울 차례

네가 검은 새가 될 때까지
한 마리
두 마리
세 마리
끝까지 거울을 본다
긴 손가락으로 빵을 찢는다

저것은 국화 이것은?

노란색이 이거다 싶게
국화는 국화
만개하여 뒤집힌 꽃

내가 늙으면 저렇게 될까 싶게
차가운 할머니가
아파트 뒤편에 몰래 심은 꽃
몰래 심었지만 가릴 수 없이 큰 꽃
저것은 국화

아름답다 국화
몇 달째 잘 가꿔진 꽃
오래가는 죽음
국화가 피어 있는 동안

먼 친척이 결혼을 하고
삼촌이 돌아가시고
딸아이가 돌을 맞고

이번 주에도 다음 달에도
그렇다 그렇다 그렇다

어쩐지 좀 추운 것 같아
국화는 어쩌나
남의 식구 걱정하듯
내려가봤는데

저것은 국화
힘센 국화
너나 걱정하시지
하는 표정으로 고고하다

그래 그래
내가 걱정이다
너무 성의 없이 사는 거
아름답지 못한 거
그게 걱정이다

보기 싫다고
보고 싶다고
입술을 아끼는 것이 걱정이다
개미가 우글우글한 것이 걱정이다

아무도 시는 안 읽어
나도 안 읽어
오후 내내 빵을 뜯어 먹었다
나는 프랑스 아이로 다시 태어나고 싶다
아니면 한 송이 국화는 어떤가

이거 왜 이렇게 부드러운지
국화는 왜 하필 거기 피어
이게 노란색이다 이게 국화다
가나다라마바사 선생처럼
아이에게 국화나 가르치고

너나 배워 너나 배워
국화가 귓속말을 하네
참참참
너 건방지면
할머니한테 이른다

제 별명 국화였던 거 모르시죠?
할머니는 어디 가고
국화만
301동 302동 303동 304동 305동 지키는지
별이 우수수 떨어져 깨질 것 같은
겨울밤인데

시들 줄 모르고
비닐하우스를 만들어준 할머니
고고한 할머니
안경 쓴 할머니
배운 할머니

인사해도 받아주지 않는 할머니
303동 할머니

안녕하세요
저것은 국화 이것은요?

김밥에 관한 시

어쩌다 김밥에 관한 시를 쓰게 되었다
어쩌다 김밥을 먹게 되는 날이 있는 것처럼
김밥 하면 천국이 떠오르고
천 원이나 천오백 원으로 어떻게 김밥을 말 수 있
는지 궁금해진다
김밥 둘둘 잘도 마는 조선족 아줌마들 월급이나 제
대로 주는지

그러나 김밥에 관한 시를 먼저 써야 하는데
김밥 하면 나는 친구 현숙이가 떠오른다
김밥을 좋아했는데 이제는 더 만날 수가 없게 되
었다
김밥 때문은 아니고
살다 보면 그렇다 김밥 옆구리가 터지듯
그냥 얻어터지는 날도 있고
어제도 오늘도 만났던 사람을

어느 날 갑자기 만날 수 없게 된다

62

죽은 것도 아닌데 마음이 시커멓게 타들어간다
김밥 마는 여자를 좋아하던 평론가 형도 못 보게 되
었다
같이 동물원도 가고 했는데 좋은 사람이었는데
김밥에 관한 시보다 김밥이 나는 더 좋다
파는 김밥은 잘 못 먹고
집에서 누가 좀 말아줬으면

첫아이를 갖고 앉은자리에서
김밥을 일곱 줄인가 여덟 줄을 먹었다
아무도 믿지 않았다
믿지 못할 일은 그것뿐이 아니다
빈곤한 내 상상력에 활력을 주려는 듯
아이가 침을 흘리고 또 흘리고 침은 참 맑다

김밥 같은 건 이제 말아 먹을 여유도 없지만
김밥에 관한 시를 써야 한다
쓰다 보니 멸추김밥처럼 웃긴다

내가 뭐 김밥에 관해 아는 게 있나 먹을 줄만 알지
먹을 줄 아는 게 다 아는 건가

요즘엔 초밥을 더 많이 먹는다
남편이랑 회전초밥집 가서 사만 오천 원어치나 먹
어치웠다
너무하다
사만 오천 원이면 김밥이 적어도 열여덟 줄인데
너무하다
그러고도 배가 썩 부르지 않았다
김밥 열여덟 줄이면 배가 터졌을 텐데
층층이 쌓인 접시만 원망했다

엄마 옆에 앉아
계란도 깨주고 깨소금도 뿌려주던 때가 있었다
꼬투리 먹으면서 뭐 이렇게 맛있는 게 있나 했는데
김밥 마는 날이면 새벽 네 시에 일어나던 엄마는
이제 다 늙어서 일곱 시 여덟 시까지 자도 된다

김밥이 그립듯 엄마가 그리우면
속이 정말 아플 것이다
그럴 것이다

김밥이 없으면 소풍도 그렇고 동물원도 그렇고 기
차도 그렇다
생애 최초로 공들여 만 심심하고 뚱뚱한 김밥은
그 애가 참 잘 먹었는데
이제 김밥집 없는 곳에서 아들딸 낳고 잘 사는지
갑자기 김밥이 먹고 싶으면 어떡하는지

따뜻하고 부드럽고 간간한 김밥이었으면 좋겠는데
알록달록하고 가지런하고 고소한 김밥이었으면 좋
겠는데
내가 그럴 수 있을까
하루에 이백 줄 한 줄에 십오 초면 되는
달인의 김밥이 아니더라도 말이다
천국의 김밥 그리운 김밥 없는 김밥 영원한 단무지

김밥에 관한 시를 먼저 써야 하는데
김밥보다 김밥이 먼저 나를 이끈다

김밥에 관한 시 2

김밥에 관한 시는 다시 씌어져야 한다
열두 명을 위한 김밥 한 줄은 어떻게 배달되었을까
주머니 속에서 가슴 속에서 얼마나 차갑고 딱딱했
을까
여덟아홉 조각이었다면 어떡해
씹고 굴리고 씹고 굴리고 그걸 어떡해

오늘은 다행히 열두 줄의 김밥이 배달되었다는데
나란히 앉아 한 줄 먹고 고소당하고
차가운 바닥에서 낮잠 자고 고소당하고
마스크에 더러운 냄새가 배고 고소당하고
막내가 보고 싶고 고소당하고
그러니 김밥에 관한 시는 다시 씌어져야 한다
김밥은 어렵다
씌어지지 않는다

*

도발
김밥
대응
김밥
응징
김밥

오늘은 김밥 대신에 김밥이 자꾸 터진다
도시락 폭탄처럼
김밥 폭탄이 자꾸 터진다
골목길이 담장이 갈라지고
김장 배추가 지붕과 함께 날아오른다
전봇대가 거꾸러지면서 허리가 생긴다

택시 안에서 구역질이 나는데
뉴스 때문인지

기사 아저씨의 담배 냄새 때문인지
호르몬 난조 때문인지
허기 때문인지 모르겠다
창문을 열고 찬바람을 한 컵 마셨다
맵다
차고 맵다

뜨겁고 맵다
뉴스에서 시뮬레이션을 보니
갤러그 라이덴이 생각나지만
그런 불경한 생각을 어찌할 줄 모르겠다
흰밥에 깍두기를 씹으면서도
속이 울렁거린다
그러나 몇 시간 후에는 잠이 들 것이고

꿈속과 꿈밖을 넘나드는 손가락이 무엇인가를 푹
찌를 것이고
내일 아침에는 입속에서 어떤 냄새가 피어오를 것

이다

*

그 전에 김밥에 관한 시를 써야 하는데
꿈속에 김밥은 전봇대만 하고
나눠 먹기 좋고
영원히 부드럽고
내가 원한다면 김은 하얗고 순결해서
잇새에 껴도 우습지 않다

*

우습지 않다
두려울 때마다 웃음이 나고 배가 고프니
김밥에 관한 시는 쓸 수 없을 것도 같다

국자 사러 가기

국자 사러 가야지 마음먹은 지 보름이 지났다
국자가 필요한데 필요한데, 중얼거렸다
유리컵 밥그릇 대충 쓰며 버텼다
플라스틱 국자가 좋을까
스테인리스 국자가 낫겠지
유리 국자도 있나
상상 속에서 국자가 아름답게 떠다녔다
오후에는 팔다리를 쭉쭉 찢었다
십 분간 늘어난 것은 무엇인가
심장이 보낸 피가 머릿속을 돌 때 국자는?

국자는 적당히 휘었고
국물은 언제나 몇 방울씩 흐른다
그런 국자가
그런 국자가
간단히 부러졌고 머리와 몸이 생겼다
사람과 가깝게 되었다
재활용봉투에 거꾸로 박힌 국자를

수요일 오후에 들고 나갔다
가책이란 무엇인가

주책이랑 비슷한 것인가
간단히 부러진 국자는 어디로 가는가
국자의 마음은?
나와 나의 그림자는 조금씩 겹친다
내가 밟은 나의 그림자는 어떤가
언제라도 아스피린 타이레놀이 도움이 되었다
멀쩡하게 버려진 의자를 하나 주워 왔다
빙글빙글 잘 돌아갔다

야구모자를 푹 눌러쓰고 동네 한 바퀴
국자를 사야 하는데 국자만 빼놓고 사 왔다
라면 우유 종량제봉투 치약
그렇게 다 사 왔다
국 없이 밥을 먹고 영화를 보았다
사람이 천천히 죽는 영화 한 편과

사람이 빨리 죽는 영화 한 편
국자를 휘두르면 한두 사람쯤 가볍게 쓰러뜨릴 수
도 있을 것 같아
장외로 날려버릴 수도 있을 것 같아
그다음에는?

거짓말을 한 국자 떠 마신 사람처럼
나는 천천히 그리고 빨리
한 번씩 죽었다
푹 꺼진 소파 위에 버려졌다
담을 곳이 없어 그냥 들고 있었다
국자를 사야 하는데
언제 어디서라도 그걸 살 수 있을 것 같은데
이미 산 것도 같은데
남이 쓰던 것이라면 어떤가
국자가 영혼을 담는 그릇이라면?

국자 박물관을 연다면

각국의 침묵과 별다른 죽음이 모여
누구라도 국자 속에 담기고 싶을 것 같다
국자 앞에서 김치 치즈 스마일 사진을 찍은 후에
천천히 그리고 빨리
식사를 끝낼 수 있겠지
다음 만날 우리의 약속은 국자에게 맡기고

내일은 해가 뜬다

이른 아침
플라스틱 앞치마를 두르고
소나 돼지를 업어 나르는 사람들은
그걸 믿지 않는 눈치다
골목길에는 핏물이 조금 고이고
말라가고
비린내가 희미하게 번진다
그것은 희망일까

고깃집 고깃집 고깃집 횟집
그 가운데 하나는
내일은 해가 뜬다
커다랗고 높은 도마가 있고
그 끝에는 시커먼 칼이
우두커니 박혀 있다
희망도 머리가 있고 꼬리가 있을까

어제의 축하와

오늘의 축하는 조금 다르다
하루살이들이 죽어가는 오후도
날마다 조금씩……
오늘의 리얼 축하가 당신에게 가닿지 못하고
당신은 취해서 쓰러진다
쓰러지다가 익숙한 입술을 발견하겠지
희망 쳇 하는 입술
함께 죽어주지 하는 입술

내가 가장 좋아하는 입술
파리 모기를 쫓기 위해 불을 다 껐는데
쫓기는 건 나였다
익숙한 모퉁이에서 엎어지고 말았다
파리 모기도 희망을 아는가
파리 모기가 나를 비웃는다
내일은 해가 뜬다

내가 먹다 남긴 음식을 파리가 맛볼 것이며

모기가 무거워 날지 못할 것이다
파리와 모기와 내가
다 같이 희망일까
가볍게 희망이라 하자
나는 날개가 없다 하자

내일은 해가 뜨니까
당신을 향한 축하가 뭉툭 끊긴 곳에서
파리와 모기와 내가
다하지 못한 이야기를
발 없는 축하의 노래를

동물원에서 셋이 마신 맥주

말의 그것은 사람의 그것과 같았는데
백공작의 구애는 쓸모가 없었는데
뱀은 리본처럼 꼬여서 뒤숭숭했는데

봄꽃들이 우리의 엉덩이를 살짝 걷어찬 것 같았다
맥주를 휘젓고 거품을 마시며 기글거렸다 오비였나
하이트였나 통닭이나 마른 오징어였겠지

봄날을 푹푹 찌르며 물줄기 솟아올랐고 흰 종아리
를 내놓고 대책 없이 뛰어들었지
저건 물이 아니야 물의 영혼이지
흩어진 영혼을 서로의 주머니에 쓸어 담았다

고백은 고백대로 맥주는 맥주대로 흘러갔다
동물들은 순서 없이 죽어갔을 것이다 아프리카에서
태평양까지 대서양에서 아라비아 반도까지 뒤죽박죽
이었지만

맥주는 새로운 댁주가 맛이 좋고 빈 병은 착착 잘
도 쌓여갔다 새로운 술과 새로운 동물이 나란히 덜덜
봄날의 트럭에 실려 동물원으로 간다

셋이서 동물원에 간 날의 말도 공작도 뱀도 그랬다
동물원에 있었다 13년 전이었고 13년 후에도 동물원은
코끼리 황새 악어를 나란히 키우고

창백한 푸른 점

시금치나물을 좋아했던 클라라
푸른 눈의 체코 여자
내가 당신을 조금 좋아했던가
그걸 숨기고 싶었던가
지구의 반대쪽에서 안녕한가

클라라라면 지구에서 사라지는 것들을 어루만질 수
있을 거 같다
내가 새벽에 쓰고 있는 엉망인 한국어 문장도
영어로 불어로 체코어로 근사하게 옮겨줄 수 있을
거 같다
클라라라면
태양계를 돌고 있는 커다란 행성과
이름 없는 위성과
뭉쳐진 우주 먼지까지
낱낱이 불러줄 거 같다

대답이 없더라도 클라라가 조금만 웃을 수 있으면

좋겠다
　　클라라 검은 맥주를 마시고 있니?
　　창백하고 푸른 점* 위에서
　　오늘은 너와 내가 조금 만난 거 같아
　　두번째였고
　　정체를 알 수 없는 소시지와
　　바짝 튀겨낸 감자 붉은 토마토
　　부드러운 거품을 나눠 먹었어
　　친절한 사람들과 함께

　　그게 다였네
　　창백하고 푸른 지구는
　　우주에서 가장 배부른 별
　　그 깊은 곳에 나와 너를 숨기고 있는 거 같아
　　안녕 말하면 조금 깊어지고
　　또 볼 수 있기를……
　　그럴까 대답했지만
　　오늘도 내일도 발을 옮기는 내 그림자가

언제 어디에서 너에게 닿을지
우리의 밤은 지나고

목요일에는 요가를
금요일에는 영화를
토요일에는 아이를 돌봐야 해
일요일에는 너와 내가 무릎을 꿇고 기도를
지구인은 바쁘다
자동차와 부딪칠지
공사장에서 무거운 벽돌이 날아올지
어떤 표정으로 머뭇거릴지

그러다가도 또 명랑한 검은 그림자를 만들어내겠지
모르겠어 모르겠어
종이 위에 오늘의 날짜와 내 이름을 적었어
잉크가 번졌어
갈피를 잡지 못하는 내 마음 같았다
지난밤의 독설과 야유와 저주는

우주로 날아가 무엇이 될지
부끄럽다
내가 모르는 음악들이 흘러나오고
밤거리를 걷는데 길을 잃었어

지구의 환한 부분이었어
빨간 떡볶이를 닷나게 씹는 사람들
딱딱한 파이를 다정하게 쪼개 먹는 사람들
그리고 생수를 조금씩 나눠 마시는 사람들
오늘은 우주 안팎의 사물들이 귀를 갖는 날이야
너의 입술이 조금 얇아진 거 같아
클라라 너의 큰 손으로 작은 화분에 물을 주고
뾰족뾰족 한국인을 떠올린다면
그게 내 이름이기를

날 좀 사랑해줄래
드문드문 어두운 것도 같지만
크게 웃었다가 긴 침묵에 쌓이는 사람들과 함께

내가 먼저 아침을 맞이할게
널 위해 긴 문장을 썼다가 지웠지만
지구의 아들딸들을 위해
오늘은 시금치를 삶을게

* 칼 세이건, *Pale Blue Dot*.

까만 양복엔 어떤 양말을 신어야 하는가

새해 복 많이 받으세요
발음이 자꾸 새는 디제이가 반갑다
(간밤에 폈다)
새벽까지 요란한 음악이 흘렀겠지

오늘의 (술 취한) 질문은 이런 것
까만 양복엔 어떤 양말을 신어야 어울리는가
당신의 패션 감각은 몇 점인가
자선냄비의 빨간색은 다 어디서 왔는지
한 해를 곱게 물들이는 당신에게 (후한) 점수를 주
고 싶은데

(오늘도) 사랑을 전하기 위해
눈이 펑펑 내린다
눈도 소리를 가졌으면
음퍽음퍽 크고 요란한 소리를 내며
(내일의) 지붕을 부수었으면

그러니까 오늘의 답은 이런 것

와인색 양말

짙은 밤색 양말

무난한 스트라이프 양말

(검정 양말은 다 어떡하라고)

산타의 무게에 선물의 무게까지 합하여

(비현실적으로) 부담스럽다

미래에도 굴뚝은 좁고 길고 어둡겠지

(수염은) 감쪽같지만 (목소리는) 숨길 수 없다

허스키 보이스와 캐럴의 궁합에 맞추어

눈이 펑펑 내린다

눈도 맛을 가졌으면

막대사탕처럼 아이들을 유인해

알록달록한 세계에 빠뜨려 휘저었으면

풀기 어려운 문제처럼

눈 쌓인 운동장에 발자국 글씨

사랑해 누구야
외국어처럼 낯설고 아름답게 빛난다
눈이 펑펑 내린다
평등하게 쌓여서
세계는 반쯤 지워진다

그러니까 오늘 당신의 까만 양복 아래
빛나는 양말은 무슨 색깔인가
당신은 누구의 땅을 밟고 있는가
네버랜드
에버랜드
내 땅은 없다
(내 땅의 시작과 끝이 없다)
내 땅에 내릴 눈은 없는데
발자국을 남기는 용감한 이의 입술은?

가난한 내 땅에 비행기가 뜨고
남의 땅을 함부로 가로지른다

당신의 감색 재킷이나 회색 넥타이 같은 건
보지 않아도 (뻔하다)
양말은 (모르겠다)
주의 깊게 살펴야겠지만

고부라진 발가락이 하나쯤 눈치 없이 새지는 않았
는지
눈이 펑펑 내린다
(질문과 답을) 지우면서
마치 그것이 하나라는 듯이
각설탕처럼 뾰족하게 내린다

나의 밀가루 여행

1

귀머거리나 벙어리들이 공갈빵을 구워 판다
오백 원이어서 말이 필요 없다
천 원이면 두 개를 봉투에 담아준다
공갈빵은 속이 텅 비었지만 한번 터지면 시끄럽다
옷에 들러붙어 좀처럼 떨어지지 않는다
맛있다거나 고소하다거나 싸다거나
그런 말 대신에 좀더 사는 게 어떠냐는 듯이 쳐다
보지만
금세 눈빛을 거두고 어둠을 퍼 나른다
골목길에 트럭이 한 대 나방을 모은다
공갈빵은 가볍고 바삭하다
푹 찔러보지만 내 삶은 누아르가 되지 못한다
한 지붕 아래 고요한 손수다가 오가겠지
오늘은 몇 개? 너무 추웠어! *끄덕끄덕* 전봇대가 알
아듣겠지

2

철판 위에선 뭐든지 납작해지고 순서가 있다
챙챙챙 차례대로 악어를 뒤집느라 바쁜 손
잘 마른 식욕이 정글의 법칙을 만든다
오늘 당신의 사냥은 어땠습니까?
가방에 불룩한 그것은 호랑이 가죽? 사슴의 뿔?
아니 아니 덮고 잘 커다란 잎사귀
지붕을 엮을 질긴 나뭇가지
배가 고프고 졸립니다
악어를 한 마리, 아니 두 마리 잡아먹어야겠습니다
내 말이 맞다는 듯이 꿀이 한 방울 두 방울
아예 주르륵 떨어진다 악어의 눈물처럼
기름진 호떡을 맛있게 먹을 때마다 나는 내 가난을
실감한다
천 원에 다섯 개 하던 것이
이제 특허 받은 녹차호떡 오백 원이다

3

자주 프랑스 아이로 태어났다면 어땠을까 생각한다
철골귀신 같은 에펠탑을 지겨워하겠지
날마다 다른 사람들과 입 맞추며
옛날식 다리를 수도 없이 건너겠지
딱딱한 빵을 뜯으며 인생에 관해 논하고 싶다!
그런데 집 앞에 프랑스 빵집이 생기고야 말았다
어쩌자고 개업 축하 세일까지 한다
내가 죽으면 썩지도 않을 거야
프랑스 아이로 태어나지도 못할 거야
고소한 빵 냄새를 풍기며 차가운 땅속에 누워 있다면
개미나 두더지가 찾아오겠지
커다란 눈을 내어주지 내 코는 달콤해
머릿속에는 설탕이 두 컵 고여 있다
설탕물이 흐른다면 한 사람이 생각나고
또 한 사람이 미워지겠지
밀가루를 탐험하느라 나는 내 인생을 허비하고야
말았지만!

천변 자전거 클럽

자전거 타는 사람들이 검은 타이즈를 신고 오징어
같은 다리를 구르며 한쪽 귀에서 다른 쪽 귀를 꿰뚫
고 지나간다 걷는 나는 물속으로 가라앉는다

(가라앉으며 나는 자전거를 못 탄다 잠수함을 못
탄다 나는 오징어를 먹지 못한다)

자전거 바퀴가 너무 가늘지 않아 너무 튼튼하지 않
아 고무는 다 고무나무에서 왔나 고무나무에 관을 매
달면 식물들의 감정 체계가 술술 빠져나오나 자전거
타는 사람들의 오징어 같은 다리는 식물성인가 튼튼
한가

(형광 불빛을 매달거나 메뚜기 울음소리를 내거나
조금씩 닳아가는 고무를 나누어 마시며 우리가 즐겁
잖아)

삿대질과 멱살잡이의 뒤에는 얼큰한 막걸리 한잔이
숨어 있다 꼭 시비를 걸어야 해소가 된다 누군가 조
금 미워하고 누군가 조금 소외시키고 싶은 거잖아 오

징어 같은 두 개의 긴 다리를 숨기면서도 드러내고
싶은 거 그런 거잖아

　(네가 약하고 네가 강하고 네가 날 미워하고 네가
날 필요로 해서 너의 오징어 같은 다리가 나의 오징
어 같은 다리를 잡았다 악수라고 하기엔 좀 미끄러운
것 같았다)

　누군가 오징어의 유난히 긴 두 다리가 성기라고 해
서 어이없이 웃었지만 성기가 두 개면 좋겠네 하나씩
나누어주고 싶은 마음이 간절해 두 개의 성기를 들어
올리면 물속처럼 평화로울까 시위하듯 사랑을 할 수
있겠지

　(원하는 곳에서 원하는 사람들과 원하는 만큼 오늘
네게 연락은 하지 못했다 가능한 것이 불가능한 것을
꿰뚫으려고 자전거 타는 사람들이 오징어 같은 다리
를 구른다)

푸른 바다 향기 치약

입속 가득 하얗게 고인 이것은 고래의 숨결인가
오늘의 고래는 떠오르지 않고
내일의 고래는 어렵다
뻐드러진 칫솔을 들고 타일을 닦는 건 어떨까
날마다 조금씩 모래가 흘러든다면
맨발로 잠들 수 없는 날이 오겠지

가가솔솔 틀니를 덜거덕거리며 웃을까
일곱 개의 임플란트가 내 몸과 같을까
입속 가득 고인 거품을
좀더 시원하게 내뱉고 싶은데
누군가는 실족을 하고
누군가는 손가락을 잃는다

그리 부끄러운 일도 아닌데
조용하게 고개를 숙이고
나의 밤을 뱉어낸다
하얗게 밤이 일어난다

꿈속 일은 흉내 낼 수 없고
상상할 수도 없는 일

마린보이를 지나
바다로 숲으로 없는 가게로
그곳에서 없는 사람을 만나고
하루 세 번 이를 닦지 않아도 좋다
아침마다 마주 보는 나는
언제나 거울 속에 있지만

조금만 알아볼 수 있을 뿐
끓어오르는 주전자가
한낮의 전등이 생각나지 않는다면
나는 그때 또 어디 있을까
날마다 나를 증명하고
또 나를 키우는 푸른 바다 향기 치약

곰팡이 외롭지 않은 이야기

차일피일 미루다 그렇게 되었어요
곰팡이에게도 오늘내일 고민이 있을까요
고민하다가 자폭했을까요
타일은 누가 부지런히 만들었나요
그 사이에 낀 것은요
이는 하루에 세 번
곰팡이는 누가 닦나요
중요한 계획은 다 변기 위에서 세웠어요

소다 구연산 과탄산 공장에서 주문했어요
감정에도 원료라는 게 있겠지요
그래요 더럽고 게으르고 바쁘고
누가 우리집 화장실 좀 닦아줘요
내가 떨어뜨린 머리카락 살비듬은 어디로 가나요
흘러 흘러 용의 옆구리가 되나요
용은 무서운가요 우스운가요
5센트 혹은 1달러를 지불할 때도
당신이 버린 것은 당신의 것

무섭기도 하고 우습기도 합니다

볼일도 편히 못 보고
훔쳐 먹은 놈처럼 불편하게
못 먹은 놈처럼 불만스럽게
문화적으로 살고 싶은데
우리집 화장실은 나밖에 없습니다
고무장갑도 끼지 않고 슬리퍼도 신지 않고
벅벅 문지르고 싶지만
벌어진 솔은 좀 그렇잖아요
곰팡이도 외로운가 봅니다

다음에 꼭 다음어 할게요
다음에는 곰팡이 외롭지 않은 이야기를 할게요

지도의 내일

잠이 들면 뱀처럼 스르르 빠져나와
잠든 나를 개관한다

나의 꿈은 착하거나 흑백이다
금괴를 주물러 귀를 만들고
계단마다 못질을 한다
사람들이 차례대로 쓰러진다

나쁘고 싶어서 빨개지는가
빨개서 정말 나빠지는가
자유는 사라지고
진흙 한 줌이 쏟아진다
바구니 가득 가난하고 어린 입술들

한 짝은 신발장에
한 짝은 우물 속에
고무줄처럼 늘어난 다리가
산줄기를 헤집고 다닌다

강을 함부로 건넌다

뜨거운 불판 위의 알록달록한 아이들이
오늘은 무엇을 먹을까
어떤 수영법을 익힐까
내일은 어떻게 다르게 발음되나

시작부터 끝까지
같은 냄새를 풍기는 이야기는 없다
차갑고 딱딱한 맛
너의 영토를 조금 뜯어 먹었는데

왜 내 손가락이 사라지는 것일까
내가 가리키는 나라들이 우르르 무너지는 건 왜일까

기차가 간다

땅강아지 명아주 버드나무
이런 게 많았지

챙챙챙 무당의 박수 소리가 들리는데
숲 속 너머 일들은 알 수가 없었지
숲 속으로 들어가면 발을 옮기는 숲 속의 남자들

나는 일찍이 점을 쳤다
미래에도 별다른 일이 일어나지 않고
나는 무릎을 꺾어 나를 들어 올린다

희한한 웃음소리를 내며 강물이 흐르고
골목길로 유유히 사라지는 그림자들
네가 밟았지 네가 밟았지

땅강아지는 복슬복슬 자라고
명아주는 땅으로 푹푹 꺼지고
버드나무의 유연한 혀는 잘렸다

이럴 수는 없어 내 손으로
미래를 점치는 새의 부리를 뽑을 수는 없어
절벽의 예언을 꽃피울 수 없어

최후의 낮잠은 달콤하고
마지막 옷깃을 여미는 손이 다정하고
쫙 금 간 눈으로 약속을 어기는 당신은 쓰러지지
않고

쓰러지지 않고 기차가 간다
땅강아지 명아주 버드나무 사이를 기차가 간다

두부

일주일에 한 번씩 두부가 배달된다
달걀 두 줄과 함께
신선하고 물렁한 것들은 삼키기에 좋지만
머릿속에 혹이나 키우려고
세 끼를 꼬박꼬박 잘 챙겨 먹은 것은 아니다

혹에는 쌍욕이 들었다
밥을 먹지 않으면 그것이 튀어나온다
잘 썰어놓은 두부는 거울 같고 칼날 같다
목구멍으로 넘어가며 정말 칼처럼 꽂힌다
그러나 먹어야 한다

화가 나도 밥이 먹히고
기뻐도 밥이 먹히고
혹이 뭐라 그래도 밥이 먹히고
숟가락이 무섭다 젓가락은 더 그렇지만

혹에도 감정이 들었다

꿈속에서 쌍욕을 날렸는데
그것이 바깥으로 넘쳤을까 봐
나는 아침에 조심조심 두부를 먹는다

제발 이 손 좀 놔주세요

호박죽 포장을 들고 있었다
오토바이가 쓰러졌고 한참을 미끄러져 나갔다
쿵 소리가 먼저였던가

계산하던 아줌마가 영수증을 건네주다 놀라서
내 손을 덥석 잡았다 아이고 어떡해 어떡하지 어떡
하나
헬멧을 벗은 사람은 초로의 남자였다
오토바이 밑에 깔린 다리를 빼지 못했다

설탕 트럭을 피하려다가 속도를 줄이지 못한 걸까
트럭 운전수가 오토바이를 들어 올렸다
사람들이 휴대폰을 꺼내 들었다
경찰서인지 병원인지 모를 곳으로 손가락을 놀렸다

호박죽은 식어가는데
죽집 아줌마가 내 손을 놓지 않았다
나는 서둘러 가야 하는데

혈압이 오르락내리락 엄마한테 가야 하는데

얼마나 다쳤는지 보험은 들어놨는지
걱정은 누구의 몫일까
영원히 일어서지 못하면 어떡해
설탕 트럭이 걱정을 우수수 쏟아냈다

아줌마 제발 이 손 좀 놔주세요, 말하지 못했다
죽은 식어가는데 엄마가 오르락내리락 기다리는데
남자의 죽은 누가 포장해 갈지
빚쟁이 딸이 있으면 어떡해
달콤하지 않은 걱정들이 쏟아지고 있었다

나의 형제들

혹인을 보았다
가방을 열어 아무 책이나 꺼내 들었지만
글자가 달아났다 나의 눈은 어디로 갔나
손이라도 잡고 기도를 올리고 싶었다
형제여 마음이 가난한 나의 형제여
밑줄이라도 쳐야 될 것 같았다
슬금슬금 흩어지는 개미들

손톱으로 끌어다 앉히고 앉히고
혀끝이 시큼했다
다음 역이 뭐더라 다음 역은 개미가 물고 갔다
혹인이 내렸다
아직은 안 되는데
나의 개미들을 데리고 갔다
나의 입술을 가지고 갔다

초콜릿이 너무해
달콤한 나의 형제들

잃어버린 입술과 눈동자를 찾으러 가야지
그런데 그 전에 중요한 약속이 있었지
헛걸음을 내딛고 나는 시계를 들여다본다
천사들이 증발하는 시간

흑인은 갔다 가버렸다
내가 모르는 곳으로 가서
친절한 한국인들과 잘 살겠지
코 위에 난 뾰루지가 터졌다
중요한 사람들 앞에서 스르르 피가 흘렀다

불쌍한 나의 개미들
달콤한 나의 형제들
흑인은 어디로 갔나
날 두고 어디로 가버렸나
머릿속에 엉덩이에 뾰루지가 났는데
들추면 곪아 터질 것들이 있는데

검은 비닐봉지 속의 양파

한 달째 그대로 두고 있다 검은 비닐봉지 속의 양파
주먹을 날린다
물주먹이다 아프지 않다
주먹은 몇 개인가 검은 비닐봉지 속의 양파는

주먹과 주먹 사이에는 어떤 간극이 있다 챔피언처
럼 나의 엉덩이는 본질적으로 그럴듯해진다 어떤 냄
새와 맛을 풍긴다

13층 베란다 밖으로 물고기 한 마리 날아오른다 가
시와 함께 공중에 꽂힌다 물이 없어서 그럴듯하다 메
마른 입술로 구름은 새 한 마리 삼키고 두 마리 삼키
고……

한꺼번에 쏟아낸다
어느 밤엔가 전화가 오고
전화벨이 끝까지 울린다
방이 하나 무너지고 두 개 무너지고……

두 달째 그대로 두고 있다 흰 봉투 속의 두툼한 편지
　　너의 비밀이 나의 소문이 되어 비가 내린다 우리는
썩어서 하나로 흐르고 아무것도 아니다

　　두 다리 사이로 지나는 것이 있다
　　검은 비닐 속에 담아두고 싶은 것이 있다

두 시에 되는 사람

여보세요
삼 초간 말이 없었네
여보세요

두 시에 되는 사람 있어요
조용히 물었네
삼 초간 말할 수 없었네

두 시에 되는 사람은 있지만
이곳은 페라리가 아니고

외로운가요
바쁜가요
급한가요
여보세요 글쎄요

치킨집이냐고 미장원이냐고 물으면
아니라고 말하겠지만

두 시에 되는 사람은 잘 모르겠네

무엇인가 되기 의해 두 시로 걸어 들어가는 사람이
있다면
　당신의 외로움을 비즈니스를 바쁜 일상을 잠시 멈
추고

함께 하늘이라도 올려다볼까요
새로운 채널을 생산하면서 이태리로 날아갈까요

미치게 그리운 하늘을
식지 않는 태양의 뺨을 후려치기로 할까요

제3부

너의 손바닥과 나라는 얼룩

네가 손을 들어 올렸는데 나는 왜 어째서 무게가
없는 걸까 너의 코가 입술이 유리문에 닿자 나는 서
서히 녹기 시작했다

내가 녹은 자리에 네가 솟구쳤다 작은 소리가 났지
만 슬펐다 유리문 이쪽에 목소리가 있고 유리문 저쪽
에 냄새가 있지만

아무 데서도 우리는 만날 수 없겠지 다른 기차를 타
고 칙칙폭폭 떠나겠지 네가 죽었는데 이미 죽은 내가

어떤 기분으로 눈물을 흘려야 하는가 내가 죽었는
데 오래도록 살아 있을 네가 드러누울 마룻바닥의 온
도는

유리문이 얼룩져 있다 유리문이 너를 보여주고
유리문이 영원토록 나를 지운다 지워진 내가 네 손
바닥을 느낀다

연인들

당신은 가난한 집의 창문처럼 웃고
바람의 발목을 걸고
우리는 넘어지면서
일어서는 자의 무릎을 만들었다

연인이 되었다
발이 시린 별의 연인들이여

비가 내린다
젖은 발등은 마르지 않고
비가 내린다
새벽의 연인들로서 우리는

어둠을 끌고 가는 가로등
가로등의 긴 발자국
우리는 끝이 없다
연인들로서 검은 신발을 신었다

서로의 가슴 속에서
긴 칼을 꺼낸다
칼끝에 주렁주렁 허공이 매달리고

우리는 별의 다정한 연인들
말없이
하얗고 끈적한 시간들을 골라낸다

연하장

네가 나의 눈동자를 혹 불어주었을 때
나의 가장 긴 속눈썹이 너의 가슴에 박혔다

내가 새끼 고양이처럼 떨고 있는데
너는 문고리처럼 차가운 미소를 던지고

너의 애인에게 나를 이끌고
구두코의 빛나는 아름다움을 알게 하고

내가 고약한 겨드랑이에서 시시한 날개를 꺼내자
새장의 새들이 너의 목소리로 노래하기 시작했다

황금 열쇠를 분질러 한 조각씩 삼키고
우리는 나란히 새장을 이해했지만

나는 사냥물처럼 조용하고 따뜻한 피를 흘리고
너는 총알처럼 빠르게 나를 낳아주기에 바빴다

새로운 냄새를 풍기는 너의 입술에 닿고 싶었지만
너는 녹아서 따뜻한 시럽처럼 흘러내리고 새해가
왔다

우리가 가난한 연인이었을 때

시커멓게 볶은 오뎅과
쭈글쭈글 조려진 꽈리고추로
밥을 먹었다
숟가락 젓가락 하나씩 나눠 들고
못생긴 감자를 파먹었다

우리가 가난한 연인이었을 때
푸른곰팡이 붉은곰팡이도 꽃이었다
아무 데서나 마음이 꺾였고
은화를 줍듯 공들여 걸었다

긴 겨울밤을 자전거로 달렸다
쉭쉭 황소 같은 숨을 멈추고
얼음장을 들어 올렸다
두 손을 어찌할 줄 몰랐다

우리는 계속 가난한 연인이었고
돌아가는 바퀴가 우습고 질겼으며

출몰하는 다람쥐가 모두 새끼였다
가여웠다 쓰라렸다

우리가 가난한 연인으로서
별을 서로 만나게 했을 때
보라색 구름을 이어 붙일 때
골목길에서 딱딱한 어둠을 차버렸을 때

한 마리는 죽고 한 마리는 살고

어항 속 물고기 두 마리였는데 한 마리는 죽고 한 마리는 살았다 생김새도 크기도 달랐는데 두 마리 아무 관계도 아니었는데

죽은 건 모서리가 닳도록 바쁘고 산 건 수면 가까이 한가로웠다 공기 방울 팡팡 터지고 물레방아 다정하게 돌아갔다

내 눈 한쪽은 살고 한쪽은 죽었나 봐 한쪽에서만 눈물이 나는 것 같아 한쪽 눈을 감아야 네가 보이고 한쪽 가슴으로 네가 떠난다

죽은 물고기 떠오르지 않는데 산 물고기 영원히 살 것 같지 않은데 네가 엉망으로 떠난 골목길도 그랬다 앞뒤가 뚫린 거울처럼

네가 보이고
네가 보이고 물고기와 겹친다

죽은 물고기와 한번 입 맞추고
산 물고기와 한번 입 맞추고

내가 베란다 밖으로 날려버린 물고기는 폭풍 속에
서 영원히 길을 잃었대 그런데 한 마리는 살고 한 마
리는 죽었네 물고기는 수족관마다 넘치고

골목길마다 새로운 감정이 고개를 들겠지만
어항 속 물은 차가운 것도 뜨거운 것도 같다

구름의 거친 손바닥이 내 이마에 닿을 때까지
걷고
헤엄치고
쓰러진다
지느러미가 돋아날 것 같지만

꼭 쥔 손을 스르르 펴보니
다른 쪽 손과 너무 닮았다

그의 흰 엉덩이

나는 꿈속에서도 말이 없고
또 좀 쓸쓸하여
두 손을 어찌할 줄 모르고 서 있었는데
그가 그의 흰 엉덩이를 만지게 해주었다
그뿐이었다
그냥 얄팍한 엉덩이에
가만히 손을 대고 있었다
엉덩이라기보다는 흰 담장 같은

꿈속에서도 장미는 피지 않았다
핀다고 해도 붉은색이 아니고
핀다고 해도 향기가 없다
두 눈을 커다랗게 뜨고도
향기를 잡을 수 없고
가시에 찔릴 수 없고
창밖의 풍경을 보듯 나의 두 손이
그에게 건너가는 것을 보았다

설거지를 하다 컵을 놓쳤다
손잡이가 간단히 떨어져 나온 컵은
깨졌다기보다는 손을 잃은 것처럼 보였다
그래도 깨진 것이라고 쓰레기통에 넣었는데

그의 흰 엉덩이
그의 흰 엉덩이
가만히 손을 더고 있었던
내 것이 아닌
그의 흰 엉덩이가 꿈속에서 슬그머니 넘어왔다
두 눈을 뜨고는 볼 수 없는
영원히 피지 않을 꽃송이 같은

입술

나는 뱀의 주둥이를 생각한다
그게 정말 입일까
나는 뱀 대가리를 움켜잡고
대충 입을 맞춰본다
나는 이제 문을 열고 나간다 끝이다

나는 뱀의 주둥이를 그려본다
그게 입일까 창고지
나는 문을 열고 들어간다
책상 의자 서랍의 순서로 정리한다
이걸로 끝은 아니다

나는 이제 뱀의 몸속으로 들어간다
주머니도 되고 칼도 되는 몸으로 춤을 춘다
뱀의 몸 밖으로 빠져나오는 것은 식은 죽 먹기
긴 줄을 마주 잡고 한낮에는 줄넘기를 한다
하루 종일 실내에서 입을 맞출 수는 없다

젊은 남자가 초인종을 누르고
아무 말도 하지 않는다
내가 입었던 뱀들은 모두 구석에 숨었다
나는 문을 열고 나간다 씩씩하게

입술의 세계

여러 번 쌍소리를 들어봤다
속으로 나는 말했다
30분 후에 두고 보자

내가 얼굴이 붉어지고 붉어지도록
나는 옷장형 인간
30분 후에 다시 두고 보자

30분 후에 너는 주말이고
멋진 파트너가 되어 있겠지
레스토랑을 예약하고
유람선을 타고

눈부신 타워로 올라가
머리카락을
위에서 아래로
아래에서 위로 흔들겠지
너는 멋진 주말이니까

먹는 것
입는 것
자는 것을 생각하다가
팔다리를 떨어뜨렸다

주말에는
풀장
유리잔
쌍둥이 같은 것이 보기에 좋다

뒤엉킨 음악을 싣고 버스는 나의 가슴 위를 달린다

버스 안에 엉킨 음악은 좀처럼 풀리지 않고
사람들은 무겁고
아무 때나 아무렇지도 않게 아무런 냄새나 풍긴다

버스 안에 엉킨 음악은 좀처럼 풀리지 않고
유리는 무겁고
한 나무가 다른 나무에게 너무 쉽게 기댄다

버스 안에 엉킨 음악을 이리저리 휘저어보지만
차라리 가로수를 뽑아내는 것이 쉽겠군
버스 안에 엉킨 음악 때문에 사람들이 금방 내리고

뒤엉킨 귀 때문에 사람들이 멀리까지 간다
비닐 좌석과 가장 늦게 일어선 사람의 체온이 같아
질 때까지
바퀴들은 검은 대화를 이어간다

몇번째야?

버스로는 갈 수 없는 곳이야
정말로?
음악에 뼈가 있어 아니면 가시라고 해야 할까

나를 마구 휘젓네
나를 마구 휘젓네
버스를
버스는 구름을 밟고 지나간다

도시의 불빛을 지우고
도시의 소음을 무시하고
뒤엉킨 음악을 싣고 버스는 나의 가슴 위를 달린다

패션쇼

내가 나의 드레스를 묘사하는 것은 불가능하다
초록 드레스가 없었다
긴 프릴이 달린 드레스가 없었다
나의 드레스만 없었다

나의 드레스만 없어서
나는 먼지를 일으키고
나를 숨겼다
허공을 밟고 핏방울이 졌다

내가 나의 구두를 묘사하는 것은 불가능하다
리본이 달린 구두가 없었다
반짝거리는 구두가 없었다
나의 구두만 없었고

패션쇼는 끝났다
긴 팔다리들이 짝짝짝 같은 소리를 냈다
서로의 눈을 파헤쳐가며 침을 튀겼다

그런데 내 드레스만 없다니
내 구두만 없다니

불행하고 억울한 일을 당하고도
나는 입술이 남았다
커다란 케이크 주름처럼
여러 사람이 핥았다

드레스가 구두가 없어서
나는 점점 뜨거워졌고
나를 향한 손가락질로
나는 배가 불렀다
드레스와 구두를 찾으러 다닐 수 없었다

금 팔러 간 이야기

내게도 금은 있다
동전보다 빛나고 지폐보다 무거운 금이 있다
서랍에 처박혀 무거운 목소리를 내는 금이 있다
금값이 치솟고 고가매입 전단지와 안내판이 걸리니
공연히 그걸 꺼내보았다
집안 경제도 못 챙기는 나는
유럽 경제나 미국 증시 같은 건 알 수 없다
동네 금방 아저씨 얼굴도 가물가물
가물치처럼 길쭉하고 기름졌던가
쌀을 안치기도 귀찮은 날
동네 칼국숫집에 들렀다가 가물치와 마주쳤다
이십이만 오천 원
한때는 이십오만 원까지 쳐줬단다
미끈한 정보 사이로 그의 눈빛이 빛났던가
나의 눈빛이 가물치처럼 찢어졌던가
철저한 계획을 가지고 설렁설렁 살고 싶은데
여행을 갈까 적금을 들까 코트를 살까
비스듬히 내리는 비가 오늘 내 서랍을 적신다

칼국수 속 드문드문 박힌 조개도
아까 잠깐 웃었던 것 같다

올댓 미드나잇

환청 속에 흔들리는 촛불
한밤에 우리는 달팽이 속으로
비 내리는 영동교 아래
허물어진 집 속에서 킥킥거리며
점점 커진 우리들
점점 작아진 우리들
올댓 미드나잇
올댓 라피도

겨울에는 먼지가 많고
봄에는 치마에 와인을 쏟았고
여름에는 구름 위에서 놀았다
가을에는 고속버스를 타고 달릴까
지루한 창밖으로 서로를 던지며
올댓 미드나잇
올댓 라피도

얼굴은 정글 호랑이가 삼켰다

나의 발목은 당신의 혀가
쿵쾅거리며 잠들었다
꿈속에서 당신은 소년
입속 가득 목련을 물고 봄이 가고
구름의 신발을 벗기며 여름이 오고
가을 겨울은 지워버렸다

올댓 미드나잇
올댓 라피도
당신의 뜀틀 당신의 메이플 당신의 여인들
비 내리는 영동교를 달린다
당신의 슬리퍼 당신의 생수통
당신이 없는 곳에서
다정하게 나를 붙들고 있는 것들
우리가 태어나지 않은 곳에서
흘러넘치는 웃음소리들

구름은 신발을 신고

새벽 네 시
그 다음의 잠이 안 오네
날은 점점 흐려지고
말의 네번째 다리가
꿈으로 건너가지 못한다
주섬주섬 옷을 챙겨 입고
크림빵을 입에 문다
내게 남은 몇 개의 손가락을 마저 돌려줄
꿈의 몇 조각을
그는 맞추고 있는지도 모른다

낮의 대화가
낮의 분노와 흥분이
낮에 마시던 다 식은 차가
한낮에 발에 채인 쓰레기통이
사실은 한통속이었는지도 모른다
그러나 우리의 입술은
몇 개의 양초를 불어서 끈다

서로 다른 온도를 가지고 있어서
우리는 기념될 것이다

말은 네번째 발걸음을 잃고
새벽을 가로지른다
날은 점점 흐려지고
입속에는 안개가 가득하다
간절한 약속도
간절한 대화도 기다림도
건너지 못할 강 앞에서
발을 첨벙거린다

다 닳은 신발을 구름이 신는다
우리가 선택한 웃음이 건너온다
짧고 얼룩진 발걸음으로
그것이 새벽 네 시
내가 물고 있는 크림빵의
거룩한 맛°다

당신의 발걸음

나폴레옹은 왜 과자점의 이름으로 남았을까
그가 흘린 피의 대가
그가 남긴 고독의 흔적
새벽에 빵을 문 채 하늘을 올려다보니
그의 키 작은 괴로움이 밀려온다
나는 새벽에 넘어야 할 산이 있다
새벽 쌀의 뿌연 물이
한번은 개수구로
또 한번은 냄비에 담겨
새벽의 허기를 달랜다
현관문을 나선 발걸음이 추위에 어떻게 맞설지
투 스텝 쓰리 스텝
새벽의 빈 골목에서 춤을 춘다면
고요히 피어오른 밥냄새도 의미가 있을 것이다
그러나 아직 출발하지 못했다
숟가락을 물고 있다
꿈 바깥으로 넘어오는 아이의 웃음소리가 너무하다
나폴레옹이 되어가는지

나이팅게일이 되어가는지
에디슨이 되어가는지
인형의 다리를 꼭 쥐고
홍건한 침이 밥물처럼 고소하게 흘러넘친다
새벽 이웃의 허기를 자극할 밥냄새를 피운다
이웃의 꿈도 투 스텝 쓰리 스텝을 밟을까
발바닥이 시리다
나폴레옹의 작은 발이 그가 밟은 핏자국이
여기까지 스멀스멀 건너온다

안개의 식탁

지금 뜨거운 두부를 숟가락으로 건져 올리고 있지만
양념을 훑어낸 김치를 씹고 있지만
맑은 물로 입속을 헹궈내고 으레 할 말을
할 수 있기를 바라고 있지만 (다 못 할 것이다)
(전혀 못 할 것이다)
주머니 속에 처박힌 껌이나 사탕을 물겠지
서너 시간 후에는 배가 고플 것이다
이상한 향기와 온도를 가진
차 한 잔을 당신은 내밀 것이다
내가 못 한 말이 거기 담겨 있다는 듯이
훌쩍거리며
내가 시간의 항아리를 깨뜨렸다는 듯이
주워 담지 못한 비밀을 둘둘 말아
목에 걸고서 당신이 보낼
추운 겨울에 대해
내가 싹둑 잘라버린 시간에 대해
내가 차릴 백년의 안개 식탁에 대해
얼룩진 숟가락과 누구의 것인지 모를 손가락에 대해

이것이 나의 입술이고
내 얼굴 위의 점이고
내가 흘리는 침을 내가 삼키고 있다는 것에 대해
어렵게 떠올릴 것이다

코미디

얼마나 많은 콩나물이 저녁의 식탁에 오를까
우리가 죽어가는 날까지 딱딱 이를 부딪치며
씹어야 할 것들이 자라고 매일 발걸음을 딛는다
우리가 본 것들은 순서대로 하나씩 사라지겠지

슬랩스틱에 대한 우리의 기호 때문일 거야
고춧가루를 넣어야 할지 말아야 할지 잠시 망설였
던가
한 사람이 쓰러지고 두 사람이 쓰러지고
폭소와 폭소 사이에 밥알이 흩어진다

구르고 짓이겨지고 들러붙는다
손끝에 화장지에 엉긴 웃음은 다 소화되지 않는다
오늘 저녁 식탁에서 미끄러져 영원히 죽고 싶다는 듯
한 사람이 쓰러지고 두 사람이 쓰러지고

콩나물은 길고 가늘고 노랗다 자세히 들여다보면
억지로 입은 속옷이나 엉성하게 붙인 콧수염처럼

어색하고
　어색해서 이제 곧 끊어지거나 떨어질 것들이 있다
　꼭꼭 씹지 않아도 쉽게 넘어가는 것들이 있다

당신의 인사법

두 손에 아이스크림을 들고 있는데
왜 한쪽만 녹는 걸까
차가운 혀를 남기고
당신의 얼굴은 사라졌다

오른발 왼발 맞추어 함께 걷지만
함께 간다는 것은
어두운 교회를 통과하여
어두운 교회에 들어서는 일

나의 하나님께
당신은 인사를 잘한다
아멘

당신과 오른손 왼손 맞잡았지만
간절한 입술이 세 개 네 개로 갈라진다
당신의 것은 나의 것이야
아멘

기도를 해보지만
천 개의 입술로도 당신을 붙잡을 수 없다
검은 장화 속에 어제의 빗물이
내일의 햇볕이

계속되는 나의 하나님

러브레터

새벽 천장이 틱틱틱 들뜨고 나는 러브레터를 쓴다
연필 끝에 침을 좀더 발라야 할까
천사가 끄덕끄덕 졸고 있다
찬 공기가 창문의 육감을 자극한다

당신은 다정한 오빠가 되지 못하고
나는 뽀얀 동생이 되지 못하고
우리는 잔인하게 가위질을 한다
어둠이 쩍쩍 갈라진다

죽은 나무에 그네를 건다
당신은 나의 등 뒤에 산다
걷다가 사라지는 골목길에서
굴뚝이 되어버린 오빠를 갖는 것은 멋진 일이다

긴 편지를 쓰고 우리의 얼굴을 다 태워버렸는데
치마 속과 편지를 검사하는 선생들이
오늘 밤 저 긴 행렬 속에서 죽을 것 같다

빨간 불 노란 불 지옥 불

우리의 편지가 활활 타오른다
천사의 옷자락을 향해 불꽃이 기어간다

꿈속의 일

경비행기를 몰고 바다를 건너다 추락사했다는 소식을 들었다
꿈속의 일이었는데 베갯잇이 축축해졌고 가슴이 먹먹했다
살았는지 죽었는지 따위는 중요하지 않지만
어쩐지 너는 세 끼 중 한 끼는 국수를 먹을 것 같다
국수 가락을 건져 올리다가 잠깐 딴생각에 빠질 것 같다
생각 속에는 사람이 없고 배경이 없고 소리가 없다
면발이 조금 식겠지만 옷섶의 얼룩은 쉽게 지워지지 않겠지

골목길에 흩어진 금 조각을 호주머니가 미어지도록 줍다가 깼다
주워도 주워도 끝이 없었고 욕심은 내 것이 아니었는데
손가락도 두 다리도 뜻대로 멈출 수 없었다
황금으로 수놓은 커튼 순금 수도꼭지 다이아몬드가

박힌 난간

 그런데 사는 사람들은 꿈꾸기도 무서울 것 같다

 추락하는 동안 눈을 맞출 수 있는 것들도 모두 빛
나고 아름다울까

 팔다리가 밟히고 옷이 뜯기고 머리카락이 헝크러
졌다

 많은 사람들이 나를 찌르고 나는 드디어 두부가 되
었다

 입술만 남았는데 말을 할 수 없었고 허여멀건 침만
흘렀다

 세상은 뜨거웠고 사람들은 매웠다

 점점 물렁해지는데 흩어질 수가 없었다 싼값에 팔
고 싶었는데

 꿈속에서도 사람들은 까다롭고 모두 한통속이었다

 인생에도 막과 장이 있다면 나는 꿈꾸지 않을 것
같다

당신의 꿈속으로 소풍을 가거나 먼지가 되는 일은
없을 것 같다
심장마비나 교통사고는 너무 흔하고
자다가 죽는 축복은 내게 올 것 같지 않다
죽은 나를 개관하며 자꾸 죽는 일
죽은 사람을 만나고 죽어가는 사람들을 만나는 일
한 줄 한 줄 사라지는 이야기를 옮겨 적는 일

입술 위의 점의 이동

웃을 때 조금 커지고
화가 날 때 조금 작아진다면
그건 나의 것이다

전봇대에 조금 흘렸는데
개들이 핥았고
버스 의자 밑에 붙여두었는데
운동화를 따라가버렸다

우주의 먼지가
자발적으로 구르고 뭉치듯
이건 나의 의지
내 작은 폭발

나의 기도가 뭉친 거야
나의 한숨이 녹아 흐른 거야

끝까지
나와 함께 흐른다

일상의 표면, 취미taste의 심연

조 강 석

1. 표면의 바리스타

표면은 두 가지 힘이 있다. 표면은 내적으로는 굴신에 능하고 외적으로는 팽팽하다. 그렇기 때문에 표면은 제 안의 곡예에 대한 최초의 감상자이다. 아슬아슬한 임계를 지키기 때문에 표면에는 여분이 없다. 갈등과 드라마가 없기 때문이 아니라 모멘트가 다른 에너지들을 모두 정산해 표면에서 소진시키는 영점을 필사적으로 지키고 있기 때문에 그것은 표면이다. 표면은 투수전이다. 그것이 수면 위로 드러나지 않은 에너지들을 엄하게 단속하고 있음을 알아채는 이에게만 표면은 감상을 허락한다.

표면을 감상하기 위해서는, 우선 표면의 내부에 욕망과 갈등이 들끓고 있다는 것을 알아채야 하고 다음으로 표면

스스로가 바로 그 내적 갈등의 드라마에 대한 최초의 감상자로서 자신을 객관화하는 정산자임도 알아야 한다. 돌올함에 대한 예찬자는 스스로 고양될 수 있지만 표면의 침묵을 음미하는 표면의 바리스타는 바로 이 다양한 종류의 팽팽함을 가려내는 까다로운 입맛taste의 소유자여야 한다. 이근화의 새 시집 『차가운 잠』은 표면에 대한 우리의 입맛을 북돋우는 시집이다. 한때 취미의 결사로 이루어진 공동체의 대표였던 이근화는 이 시집에서 우리 일상에서 검출되는 여러 가지 평면들에 대한 바리스타를 자처한다. 아니, 그가 사태를 애써 표면에서 부리고 있다고 하는 편이 적절하다고 말하는 것이 좋을지도 모르겠다. 취미의 날랜 제사장이었던 그는 이제 표면의 단단한 수호자가 되어 있다. 틀림없이, 표면장력을 수습하게끔 단련시키는 사태들이 있었을 게다. 그러나, 인과관계를 추적하는 것이 아니라 도달한 표면을 함께 음미하는 것으로 그의 시적 변모에 대해 말해보는 것이 좋겠다.

2. 일상의 표면

『차가운 잠』에서 가장 먼저 눈에 띄는 것은 여기 실린 시들이 표면의 '열렬한 절도'를 지키고 있다는 것이다. 그리고 이 말의 의미는 정확히 앞서 이야기한 바와 같다. 우선, 이 시집에는 극적인 사건이나 파토스를 향한 내면의 정념이 감지되지 않는다. 아니, 정확히 말하자면 그것은 표면화되어 있지 않다. 물론, 특히 주로 시집의 1부에 실린 시들에서 우리는 아픈 어머니에 대해 마음을 쓰거나, 물과 물고기라는 상징적 관계를 통해 얼핏 엿보이는 정황을 헤아려볼 수 있을 것이다. 그러나 이 경우에도 정념은 엄격하게 그리고 의도적으로 단속되어 있다. 정념을 토로하고 이해와 공감을 구하는 대신 표면의 절도를 유지하는 것이 이 시집의 시들에 나타난 시적 언술의 특징이라고 할 수 있다. 글자 그대로의 의미에서 이 시집은 정념과 성격이 표면화되지 않음으로써 성립되는 표면의 집이다. 그리고 그것은 하루 동안의 생활 반경 안에서 일어나는 일들과 쉽게 결부된다. 이 시집에 가장 빈번하게 등장하는 시어가 바로 "하루"와 "오늘"이라는 것은 이를 단적으로 보여준다.

단순 사실관계를 확인하고 심증의 알리바이를 구하기 위해 문서 편집기의 검색 기능에 의존해본 결과 이 시집에는 "오늘"이 40여 차례 등장하고 "하루"가 30여 차례 나타난다. 물론, 한 시집에 특정 어휘가 빈번하게 나타난다는 것이 곧 시집의 문제의식과 직결되는 것은 아니다. 그러나 "오늘"과 "하루"가 비록 기저어휘에 속하는 명사이긴 하지만 이 시집에서처럼 이례적으로 다수를 이루는 것이 흔한 일은 아니라 하겠다. 심상치 않다고까지 말할 수는 없는지 몰라도, 심상하다고도 말할 수 없는 경우라면 거기에는 까

닭이 있을 법하다. 기실 이 두 어휘가 반복적으로 자주 등
장하는 것은 시집 전체의 특징에 비추어 충분한 개연성을
지닌다. 단적으로 말하자면 "하루"와 "오늘"은 흐름과 서
사 그리고 파토스로 표상되곤 하는 시간의 흐름을 단속하
는 시간의 단면이기 때문이다. 감정의 파고가 결부되기 마
련인 일련의 서사적 사태를 '오늘 하루' 쪽으로 초점을 좁
혀 예각화하는 것은 심리적 깊이를 평면화하는 것과 다르
지 않다. 예컨대 사소한 에피소드를 심상하게 다룬 것처럼
보이는 다음과 같은 시가 단적인 예가 될 것이다.

내게도 금은 있다
동전보다 빛나고 지폐보다 무거운 금이 있다
서랍에 처박혀 무거운 목소리를 내는 금이 있다
금값이 치솟고 고가매입 전단지와 안내판이 걸리니
공연히 그걸 꺼내보았다
집안 경제도 못 챙기는 나는
유럽 경제나 미국 증시 같은 건 알 수 없다
동네 금방 아저씨 얼굴도 가물가물
가물치처럼 길쭉하고 기름졌던가
쌀을 안치기도 귀찮은 날
동네 칼국숫집에 들렀다가 가물치와 마주쳤다
이십이만 오천 원
한때는 이십오만 원까지 쳐줬단다

미끈한 정보 사이로 그의 눈빛이 빛났던가
나의 눈빛이 가물치처럼 찢어졌던가
철저한 계획을 가지고 설렁설렁 살고 싶은데
여행을 갈까 적금을 들까 코트를 살까
비스듬히 내리는 비가 오늘 내 서랍을 적신다
칼국수 속 드문드문 박힌 조개도
아까 잠깐 웃었던 것 같다

——「금 팔러 간 이야기」 전문

    사소하다면 사소한 에피소드인데, 그렇기 때문에 오히려 이 이야기는 요염하다. 애초, 이야기가 가진 구상성의 요염함을 지적하면서도 이를 통해 한몫 건사한 것은 김수영이었다. 이 시 역시 이야기의 구상성이 지니는 매끈함과 명료함을 보이고 있다. 그러나, 여기서 우리가 주목해볼 것은, 사태가 심리적 깊이를 낳게 되는 지점까지 이르러 일상의 심리적 협곡이 파이게 만드는 것을 미연에 방지하려는 표면의 팽팽함이 유지되고 있다는 것이다. 즉, 시에 성찰이 개입되어 굴곡이 생기는 것을 막고 표면을 펴는 힘점이 되는 지점, 김수영 식으로 말하자면, 시에 긴장tension이 형성된 지점이 있다는 것이다. 물론, 이때의 긴장은 심리적 심연에 일상을 내어주지 않도록 표면장력을 벼리는 데 소용된다. 심상하게 찔러둔 "철저한 계획을 가지고 설렁설렁 살고 싶은데"와 같은 구절이 바로 그 긴장의 처소이다.

금값이 치솟는다는 뉴스를 듣고 서랍 한쪽에 묻은 금 한 돈 가량의 기념물을 떠올려보는 것은 인지상정이다. 슬쩍 시세를 엿본 바, 2만 5천 원의 시세 차 때문에 씁쓸한 입맛을 다시는 것 역시 자연스럽다. 그런데, "칼국수 속 드문드문 박힌 조개"처럼 예사롭게 실한 것은 긴장이 맺힌 바로 그 한 줄이다. "철저한 계획을 가지고 설렁설렁 살고 싶"다는 것은 표면의 정산자에게 얼마나 적확한 태도인가. 그는 생활이 고절(孤節)과 비애의 심연 쪽으로 몸을 구부리려는 찰나에 그 몸을 곧추세우는 반사작용을 익힌 고수다. 예사로운 태도로 간소한 이야기를 별스러울 것 없는 말투에 실어 부려보고 있지만 실상 그는 범상한 계획을 철저하고 심각한 행보에 옮기는 이보다 분주하다. 저 일상의 표면 위에 태도의 영점을 잡기 위해 힘들의 벡터를 정산하는 마음의 운동이 수면 아래에서 자동기계automation처럼 진행되기 때문이다. 이 시의 어조에 나타난 표면은 실상 공들여 마련된 것이라는 얘기다.

인용한 시가 이 시집에 실린 최상의 시편에 속하지는 않을 것이다. 그러나, 생활의 표면 위에서 태도의 영점을 가누는 운동의 기본 구도가 이 시에 고스란히 드러나 있다. 이것이 이 시집의 기본 스탠스임은 거꾸로, 통상 시에 직접 노출되기는 쉽지 않은 시어임에도 불구하고 "감정"이라는 시어가 이 시집에서 여러 번 직접적으로 등장한다는 사실관계를 통해 귀류법적으로 증명된다. 개별 작품에 대한 향수를 저해할 위험을 무릅쓰고 잠시 그런 구절들을 인용해보자.

　감정에도 원료라는 게 있겠지요(「곰팡이 외롭지 않은 이야기」)

　감정을 생산하느라 오늘은 열쇠 다이어리 지갑을 잃어버렸다(「디어초콜릿」)

　골목길마다 새로운 감정이 고개를 들겠지만(「한 마리는 죽고 한 마리는 살고」)

　월요일 아침 우리들은 감정이 없어서 좋다(「주말의 명화」)

　고목나무에 관을 매달면 식물들의 감정 체계가 술술 빠져나오나(「천변 자전거 클럽」)

　맘껏 담배 연기를 품었는데/나는 왜 빠져나가지 않나(「차가운 잠」)

　각각의 구절들이 속한 시 전체의 맥락에 대한 독해를 완료하지 않았으므로 이 구절들을 하나의 새로운 전체로 재구성하는 것은 거의 전적으로 해설자의 판타지에 지나지 않을 것이다. 그러나 태도의 측면에서 보자면 수확이 아예 없는 것도 아니다. 마음의 각도를 조절하는 차원에서 이 구절들은 해당 시편들에 대한 방향타가 될 수도 있기 때문이다. 다시 말하자면, 표면은 감정의 범람과 그로 인한 정념의 파토스라는 사태를 미연에 방지하고 일상 속에서 정념의 치안을 유지하기 위해 요청되는 것이라고 할 수 있다.

3. 입맛의 심연

지금까지 살펴본 맥락에서 볼 때, 이 시집에서 표면의 치안은 대체로 잘 유지된다고 할 수 있다. 그러나 기실, 전장은 따로 있다. 일상의 세목들을 감정의 파국과 정념의 유출이라는 사태 발생에 필요한 원료로서 제공하는 것을 단호히 거부함으로써 애써 봉합되었던 내면의 심연은 표면에 전시된 취미taste의 차원에서 노출된다. 이 시집이 표면의 시집일 뿐만 아니라 입맛(취미)의 시집이라는 사실은 다음과 같은 구절들에 단적으로 나타난다.

오늘은 고무줄 맛이다(「너무 늦게 온 사람」)

미래는 이런 맛이 아니지 아니지 중얼거린다(「디어 초콜릿」)

집을 먹어본 적 있니 신기한 맛이야 하루의 비밀이야(「나의 하루는」)

나는 빵 이외의 것은 믿지 않아(「빵 이외의 것」)

밀가루를 탐험하느라 나는 내 인생을 허비하고야 말았지만!(「나의 밀가루 여행」)

그러니, 이 경우라면 '취미'라는 포괄적 용어 대신 테이스트taste라는 말이 지닌 본원적 의미에서 '입맛'이라고 말하는 것이 더 적절하겠다. 이 시집에는 직접적으로 입맛과 관계된 소재들이 다채롭게 등장할뿐더러 '오늘의 맛' '미래의 맛' 등과 같은 비유 역시 새삼 등장하기 때문이다. 그런데 이런 표현들이 단순히 비유 차원에 그치는 문제가 아님은 동일한 소재를 다른 각도에서 다루고 있는「김밥에 관한 시」와「김밥에 관한 시 2」를 통해 확인할 수 있다. 우선 전자를 보자.

　어쩌다 김밥에 관한 시를 쓰게 되었다

　〔……〕

　김밥에 관한 시보다 김밥이 나는 더 좋다

　〔……〕

　김밥이 그립듯 엄마가 그리우면
　속이 정말 아플 것이다
　그럴 것이다　　　　　　　——「김밥에 관한 시」부분

이 시는 입맛과 관계된 내력을 열거한 시다. 단적으로

이를 보여주는 부분만을 인용했지만, 이 시에는 김밥과 관련된 인상과 경험이 담겨 있다. 김밥 하면 떠오르는 친구 현숙이, 김밥 마는 여자를 좋아했던 평론가 형, 첫아이를 갖고 앉은 자리에서 김밥을 여러 줄 먹은 일화, 생애 처음으로 김밥을 싸줬던 일, 새벽에 일어나 김밥을 싸던 엄마에 대한 기억 등이 시에 파노라마처럼 제시되고 있다. 그러니까, 김밥에 관한 시는 입맛에 관한 것이면서 동시에 기억에 관한 것이다. 김밥에 관한 시를 써야 한다면 입맛과 기억의 병기로 충분할 것이다. 그런데 입맛은 그렇게 단순히 취급될 문제가 아니다. 기억은 정념과 결부되기 마련이기 때문이다. 인용된 부분에서 엄마를 떠올리는 대목은 그 단적인 예이다. 그렇기 때문에 "김밥에 관한 시보다 김밥이 나는 더 좋다"라는 말은 다시 표면에 대한 정산자 특유의 태도를 수습하는 힘점이 된다. 입맛에 관한 시는 기억과 정념과 쉽게 결부되지만 입맛 그 자체는 정념을 함유하고 있지 않기 때문이다. 그러니까, 지면 때문에 전문을 인용하지 못했지만, 김밥에 관한 것이라고 하더라도 이 시는 취미와 정념, 기억과 표면에 관한 시로 읽힐 수 있다. 그런데 같은 제목의 연작으로 씌어진 「김밥에 관한 시 2」에서는 사정이 조금 달라진다. 우선, 시작부터가 이렇다.

김밥에 관한 시는 다시 씌어져야 한다

앞서 김밥에 관한 시가 한 편 씌어졌음을 우리는 보았다. 그리고 그것은 김밥을 통해 환기된 기억과 그로부터 비롯된 정념들을 다루되 그것을 차분하게 재차 표면으로 환원하고자 하는 태도로 씌어졌음을 확인할 수 있다. 그런데 여기서는 시의 앞머리에서 김밥에 관한 시가 다시 씌어져야 한다는 '선언'이 먼저 제시되고 있다. 그도 그럴 것이 이 시는 입맛의 보편성과 관계된 오랜 논쟁을 생각하게 하기 때문이다.

열두 명을 위한 김밥 한 줄은 어떻게 배달되었을까
주머니 속에서 가슴 속에서 얼마나 차갑고 딱딱했을까
여덟아홉 조각이었다면 어떡해
씹고 굴리고 씹고 굴리고 그걸 어떡해

오늘은 다행히 열두 줄의 김밥이 배달되었다는데
나란히 앉아 한 줄 먹고 고소당하고
차가운 바닥에서 낮잠 자고 고소당하고
마스크에 더러운 냄새가 배고 고소당하고
막내가 보고 싶고 고소당하고
그러니 김밥에 관한 시는 다시 씌어져야 한다
김밥은 어렵다
씌어지지 않는다

김밥에 관한 시가 다시 씌어져야 하는 까닭은 그것이 단지 개인의 기억에만 결부되지 않기 때문이다. 인용된 부분이 지시하는 바가 어떤 사태인지는 명시되어 있지 않지만 우리는 차가운 바닥에서 마스크를 쓰고, 막내가 보고 싶지만 그마저 뒤로한 채 차가운 바닥에서의 하루를 이어가야만 하는 이들의 생존권이, 한 개인에게 기억과 정념의 연쇄를 작동시킨 김밥에 대한 입맛과 관계됨을 확인할 수 있다. 입맛은 개인의 기억과 결부될뿐더러 공동의 생존과도 직결된다. 김밥에 관한 시가 다시 씌어져야 하는 이유다. 그러나 이는 쉽지 않은 문제다. 김밥이 단지 김밥이 아니게 되었기 때문이다. 그것은 이제 개인의 소소한 기억과 공동의 생존 영역에 두루 걸쳐서 작동하는 표상이 된다. 다음에 이어지는 오버랩 역시 이와 관계 깊다.

　　도발
　　김밥
　　대응
　　김밥
　　응징
　　김밥

　오늘은 김밥 대신에 김밥이 자꾸 터진다
　도시락 폭탄처럼

김밥 폭탄이 자꾸 터진다
골목길이 담장이 갈라지고
김장 배추가 지붕과 함께 날아오른다
전봇대가 거꾸러지면서 허리가 생긴다

택시 안에서 구역질이 나는데
뉴스 때문인지
기사 아저씨의 담배 냄새 때문인지
호르몬 난조 때문인지
허기 때문인지 모르겠다
창문을 열고 찬바람을 한 컵 마셨다
맵다
차고 맵다

   그러니까, '김밥 옆구리 터지는 일'이라는 비유와 포연
(砲煙)이라는 비유가 중첩되어 사용되고 있다고 할 수 있
을 것이다. 두 가지 사건이 오버랩되어 있다. 하나는 국가
의 일이요 하나는 개인사다. 하나는 새 생명의 탄생과 관
계된 호르몬이 주관하는 일이요, 또 하나는 국가 단위의
삶과 결부된 이데올로기가 작동하는 일이다. 양자를 중계
하듯 포연은 TV 안에도 택시 안에도 있다. 하나는 공분을
하나는 침묵을 불러온다. 도발로 인해 공분한 이가 주변의
타자에게 포연에 가까운 연기를 피울 수도 있다는 것이 삶

의 표면이 품은 아이러니다. 지극히 개인적이면서 지극히
공적인 포연은 공히 "맵다"

〔……〕

그 전에 김밥에 관한 시를 써야 하는데
꿈속에 김밥은 전봇대만 하고
나눠 먹기 좋고
영원히 부드럽고
내가 원한다면 김은 하얗고 순결해서
잇새에 껴도 우습지 않다

                    *

우습지 않다
두려울 때마다 웃음이 나고 배가 고프니
김밥에 관한 시는 쓸 수 없을 것도 같다

시의 마지막 부분이다. 시의 전반부에서 김밥은 생존의
최소 수단이었다. 거기서 그것은 기억과 정념이 아니라 생
존과 질량의 문제로 범주를 달리해 출현한 기표였다. 시의
말미에서 이제 그 기표는, 꿈속에서 그것은 나눠먹기 좋고
영원히 부드러운 어떤 것, 즉 결여를 충분히 충족시켜줄

기표로 상상된다. 기억 속에서 김밥은 추억과 정념의 기표였고 TV에 비친 현실에서 그것은 생존과 모순의 기표였으며 꿈속에서 그것은 공동체의 기표였다. 시의 마지막 부분은 바로 김밥이라는 이 기표의 일인다역에 대한 것일 터이다.

김밥에 대한 시가 쉽게 씌어지기 어려운 것은 이처럼 입맛이 가장 원초적인 층위에서 가장 정치적인 층위에까지 '위력'을 행사하기 때문이다. 입맛에 대해서라면 논쟁할 수 없다는 영국 속담을 지금 맥락에서 변용하자면, 입맛에 대해서는 공과 사를 구분할 수 없다고도 말할 수 있겠다. 김밥에 관한 시는 개인적 경험과 사회적 현실과 공동체의 이상이라는 층위에서 세 번 씌어질 수도 있으며 그저 단 한 번 씌어질 수도 있다. 비유를 완전히 제거하고 다시 한 번 말하건대, 입맛이 만드는 심연이라는 것은 바로 이를 칭함이다. 이근화의 시는 생활의 표면 아래로 입맛의 심연을 판다. 이는 두 가지 힘이 같이 작용해야 가능한 일이다. 정념의 파토스 대신 영점에서 감정의 팽팽함을 유지하려는 힘과 옳고 그른 것 대신 좋은 것과 싫은 것을 통해 입맛의 심연을 파려는 힘이 그것이다. 이근화의 시에서 취미는 표면과 심연의 힘점이다.

4. 취미의 천라지망

그러니까 오늘 당신의 까만 양복 아래
빛나는 양말은 무슨 색깔인가
당신은 누구의 땅을 밟고 있는가
네버랜드
에버랜드
내 땅은 없다
(내 땅의 시작과 끝이 없다)
내 땅에 내릴 눈은 없는데
발자국을 남기는 용감한 이의 입술은?

가난한 내 땅에 비행기가 뜨고
남의 땅을 함부로 가로지른다
당신의 감색 재킷이나 회색 넥타이 같은 건
보지 않아도 (뻔하다)
양말은 (모르겠다)
주의 깊게 살펴야겠지만

고부라진 발가락이 하나쯤 눈치 없이 새지는 않았는지
눈이 펑펑 내린다
(질문과 답을) 지우면서

마치 그것이 하나라는 듯이

각설탕처럼 뾰족하게 내린다

　　　——「까만 양복엔 어떤 양말을 신어야 하는가」부분

　　유심히 보라. 앞서 취미가 힘점으로 표상되었다면 여기
서 취미는 영토로 표상된다. 앞서 김밥이라는 표상과 결부
된 입맛의 문제가 사적인 것과 공적인 것이라는 수위에 수
직적으로 걸쳐 있다면, 이 시에서 두 개의 취미는 두 개의
영토로 수평적으로 표상된다. 즉, 여기서 취미는 상승과
하강이 아니라 표면을 넓히는 힘과 결부된다.

　　까만 양복 아래 무슨 색깔의 양말을 신어야 하는가 하는
질문과 그에 대한 응답들은 친교가 아니라 타인의 영지에
대한 월경에 비견된다. 그도 그럴 것이, 당신의 취미를 양
보하지 말라는 정언명령을 부과하기는 쉽지만 그것을 온전
히 개인적 영역에서 이행하기는 어렵다. 취미의 영지라는
것은 명료하게 구획되는 것이 아니기 때문이다. 어쩌면,
취미의 문제야말로 '민족자결주의'가 실현되기 가장 어려
운 조차지일지 모른다.

　　그런데, 이렇듯 조심스럽게 취미의 주권이 미치는 범위
를 가늠하는 이가 있는가 하면 첨단의 (악)취미로 남들의
취미를 횡단하는 이도 있기 마련이다. 대개 그런 이들의
의복 취향에는 감색 재킷이나 회색 넥타이가 제격이다. 타
인의 취미라는 영공을 무단횡단하는 이는 타인의 취미를

포획하고 강점하는 취미를 지닌 또 하나의 속물에 불과할 지도 모른다. 이근화의 시가 번뜩이는 지점은 바로 여기이다. 취미를 양보하지 않는 것과 취미를 강권하는 것, 내수를 진작하고 내실을 다지는 것과 영토를 확장하는 것, 취미의 민족주의와 제국주의의 문제 등이 죄다 사소한 일상에서 불거진다는 것을 그는 영민하게 포착하고 심상하게 제시한다. 그런데, 바로 그 지점에서 이근화의 스탠스는 이전과 조금 달라져 있다고 하겠다.

취미의 문제에 있어 중요한 것은 설득과 강변이 아니라 공감이다. 그간 많은 논자들이 언급했듯, 이근화의 시에 '우리'라는 어휘가 자주 등장했던 것은 그의 시적 진술이 취미를 공유하고 공감하는 취미의 공동체를 전제로 했기 때문이다. 그런데, 이 시집에서 이근화의 문제의식은 지금까지와는 조금 달라져 있다.

이국이라는 말
이방인이라는 말
식민지라는 말
환절기 감기에 걸려 그런 말들을 생각해본다

〔……〕

도저한 낙관과 엔틱풍의 의자는 관계가 있을까

우리가 똑같이 노을을 보고 있는 것일까

너의 사람을 해방하라
너의 사람을 해방하라
사람들이 많으니 해방에도 이유와 목적이 있겠지만

환절기 감기가 정치적이라면 좋겠어
철학적으로도 옳고 정치적으로도 바른 사람들에게 손수건
과 시럽 같은 게 필요 없어진다면 우리에게도 미래가 의미
있겠지   ——「옐로 서퍼링」 부분

"우리가 똑같이 노을을 보고 있는 것일까"를 묻는 이는
취미의 공동체를 전제로 하는 이와 같을 수 없다. 이 시에
는 공감과 동의가 사전에 전제되는 대신 사후적으로 요청
되는 것으로 제시되어 있다. '우리'라는 취미 공동체가 전
제되는 대신 이제는 요청되고 있다는 것이다. "도저한 낙
관"과 "엔틱풍의 의자"는 취미의 공동체 안에서 논쟁 없이
상관적으로 검토될 수 있는 대상이었다. 전제된 취미의 공
동체가 단호한 결사체인 이유는 바로 그런 식으로 호오(好
惡)를 선악(善惡)과 교환할 수 있기 때문이었다.

그런데, 문제는 상당히 미묘하게 달라져 있다. "너의 사
람을 해방하라"라는 말이 두 번 반복되는 까닭은 '우리'의
공감이 자명한 것이기보다는 각자에게 고유한 이유와 목적

을 지닌 '해방'이 따로 있기 때문이다. 그리고 이런 사정은 다시 이근화 고유의 방식으로, "환절기 감기"라는 일상의 사건과 결부되어 적실한 표현을 얻는다. 환절기 감기가 정치적인 이유는 그것이 "이국"과 "이방인"과 "식민지"를 발견하게 하기 때문이다. 그것은 차이에 대한 사후적 발견과 관계 깊다. 환절기 감기는 이질적인 시간을 한 몸에 받아들일 때 발생하는 몸의 탈남이기 때문이다. 그것이 직접적 체험의 표현이든, 비유의 차원이든 환절기 감기는 성격이 다른 두 시간대가 한 몸 안에서 접촉함에 따라 몸이 앓는 진통이다. "철학적으로도 옳고 정치적으로도 바른 사람들에게 손수건과 시럽 같은 게 필요 없어진다면" 즉, 철학적 타당함과 정치적 올바름으로 무장한 이들이 더 이상 타자와의 대면을 통해 감기를 앓게 되지 않을 때 성립되는 공동체는 취미의 공동체가 가 닿을 수 있는 가장 창백한 공화국이 될 수도 있다. 그렇기 때문에 유예된 미래, 다시 말해 미래로 미뤄진 공감의 '정치'는 갈수록 더욱 절실해진다는 것이다. 그러니, 이근화의 시 세계는 참으로 미묘하게 달라지고 있다고 하겠다.

피부를 통해 치즈나 마늘 냄새가 증발해서
우리는 오늘의 식사가 즐겁다
빵과 빵 사이에
토마토와 양파를 끼워 넣고 입을 벌린다

미세한 구멍들이
서로를 향한 호감과 증오로 서로 다른 크기로 벌어지고
서로 다른 질문들을 쏟아낸다

오렌지 농장 근처에서 실종된 유학생에 대해
점거 농성 중인 노동자의 마스크에 대해
남편을 잃은 베트남 여인에 대해
그녀의 사라진 팔십만 원에 대해

빵과 빵 사이에 끼워 넣을 것이 많았다
우리는 입술을 오물거렸으며
눈시울을 붉혔으며
그리고 잠시 후 한쪽 입술을 실룩거리며 웃었다

할 수 없는 일 가운데 할 수 있는 일이 있는 것처럼
피부 위로 물 같은 것이 잔인한 방향으로 흘렀다
너의 얼굴을 걸고 밥을 먹는다

그럴 때 내 구멍은 조금 아픈 것 같다
그럴 때 네 구멍도 조금 벌어진 것 같다
네 구멍은 조금 어두워진 것 같다

늙으면 머리가 커지고 엉덩이가 퍼지고 다리가 가늘어져

그럴 때 내 구멍이 내 구멍이……

너를 향해 인사를 하고   ──「그물의 미학」전문

    시의 전반부는 이근화 특유의 것이라고 할 만한, 입맛
의 발견으로부터 시작된다. "우리는 오늘의 식사가 즐겁
다"라는 말 역시 어찌 보면 지금까지 우리가 익숙하게 봐
온 취미 공동체를 떠올려보게 한다. 그런데, 사태는 그렇
게 순조롭게 진행되지 않는다. 시의 첫대목에서 이미 취미
공동체 내부에 공동(空洞)이 있음이 목도된다. "서로를
향한 호감과 증오"를 통해 조절되는 구멍이 "빵과 빵 사
이"에서 자라나는 동안, 글자 그대로 눈물을 쏙 빼며 웃고
우는 동안에도 공동은 떠날 줄 모른다. 취미가 연대하고
공감이 차오르는 대신 공동이 병립하고 차이가 불거진다.
    시의 후반부는 중의적으로 읽힌다. '너'는 한편으로는
시집 곳곳에서 정념의 원천이 되는 대상으로 등장하곤 하
는 존재자로 읽힌다. 이때 후반부는 평면과 결부된다. 다
시 말해, 이때 '너'는 정념의 근원이자 마음이 다시 정념의
영점을 향해 운동하게 만드는 동기다. 평면의 시는 이 무
정형의 '너'와 파국 없이 교섭하기 위한 간절한 열망으로부
터 잉태된다. 한편, '너'가 더 이상 '우리'가 자명하게 취미
공동체에 속하지 않음을 알게 하는 존재자라면 그는 공동
의 인격화를 촉진하는 상대자다. 이 맥락에서 후반부는 공

동이 파놓은 취미의 심연과 관계 깊다. 그러니 계속해서 문제는 평면이 아니면 심연이다. 이근화가 새로 벼리는 그물의 미학은 이전의 시에 나타난, 공감과 연대가 가득한 공휴일의 미학과는 조금 다른 지점을 향하고 있다. 이근화가 짜는 새로운 그물은 평면상의 표면장력과 심연의 위치에너지로 얽는 복잡한 그물이되, 일상의 사건에서 한 치도 벗어남 없이 태연하게 당대의 미학을 건사하고 있다. 거기 어찌 기꺼이 낚이지 않을 수 있겠는가. 취미의 천라지망이 따로 없다. ▨